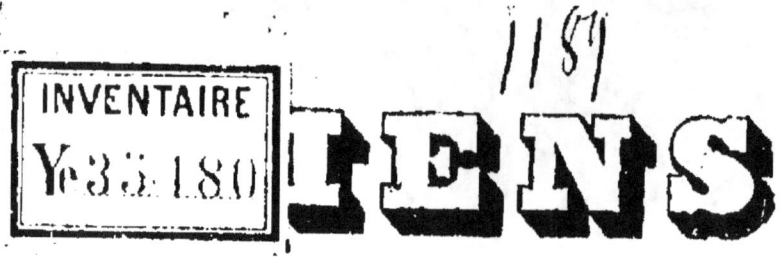

IENS

POÉSIES

Par M. Eugène Woestyn.

A ORLÉANS,

CHEZ TOUS LES LIBRAIRES.

—

1839.

RIENS.

Orléans, — Imprimerie de Danicourt-Huet.

Riens,

POÉSIES

Par M. Eugène Woestyn.

A ORLÉANS,

CHEZ TOUS LES LIBRAIRES,

1838.

Un mot au Lecteur.

Ce n'est qu'en tremblant que je viens me placer sur la sellette littéraire. Si le public indulgent trouve dans mon recueil quelques vers passables, ils sont dus aux bienveillans conseils de MM. Victor Hugo et Altaroche.

Je les prie ici de vouloir bien agréer l'expression de ma vive reconnaissance.

Launoy, 1ᵉʳ novembre 1838.

A MON PÈRE;

C'EST MON MEILLEUR AMI!

Eugène Docstyn!

●◆♦●◆◑◆◖◆◗◓◐◗◼◆◔◖◼◆◗◼◖◼◐◆◗◐◖◼◐◖◼◐◗◖◗◐◖◼◐◗◐◆◗◐◼◐◖

Souvenirs de Bourges.

SAINT-ÉTIENNE (*).

—

Le soleil se couchait, j'allai voir Saint-Étienne,
De ses murs de granit par les siècles noircis
Dominant fièrement Bourges, la ville ancienne,
Et semblant sur un roc comme un géant assis !
Nos fils l'admireront, cet enfant d'un autre âge,
Lui qui, jeté jadis dans quatre embrasemens,
Vit les flammes voler sans l'atteindre au passage,
Seul, debout au milieu des décombres fumans.
Qu'il est beau Saint-Etienne avec ses cinq portiques
Couronnés tous les cinq d'ornemens par milliers,
Avec ses vieilles tours, ses sculptures gothiques,
Son immense façade et ses nombreux piliers !
D'un regard j'embrassai tous les saints dans leurs
J'admirai la rosace aux précieux vitraux,   [niches ;
Les angles dentelés des saillantes corniches
Et la grande hauteur des légers chapiteaux.
J'admirai le colosse et ses murailles grises,
Les faites évidés de ses mille clochers,

(*) Saint-Etienne, cathédrale de Bourges.

1.

L'escalier Saint-Guillaume (*) et les antiques frises.
Je côtoyai la rampe aux barreaux guillochés
Et fis le tour des plombs ; sur les ardoises sombres
La lune, en se jouant au travers des arceaux,
Jetait de clairs reflets, déchiquetait des ombres,
Et ces tons lumineux réunis en faisceaux
Sillonnaient par endroits les frêles galeries.......
Au faîte de la tour, sous le dôme des cieux,
L'esprit se laisse aller aux douces rêveries,
Quand toute la cité se déroule à vos yeux.......
Ravi, je contemplai cette ville en silence,
A mes pieds ces maisons et ces jardins épars,
Et puis autour de moi cet horizon immense
A mes regards surpris s'ouvrant de toutes parts.......
...... Après, je visitai l'église souterraine
Et son tombeau ducal, et puis du fils de Dieu
Je vis le Saint-Sépulcre, où le jour perce à peine,
Quand une lampe seule éclairerait ce lieu ! ! !
.... Mais où l'esprit s'élève, où l'âme tout entière
S'émeut en se sentant trembler d'un saint respect,
C'est quand on a franchi le seuil du sanctuaire,
Quand de la basilique arrive à vous l'aspect.
La noble majesté qui des courbes du faîte
Règne jusqu'à la base étonne la raison.
Devant tant de splendeur l'homme, inclinant la tête,
Dit : « Seigneur, ô Seigneur, voici votre maison ! »

(**) Escalier qui conduit de l'église à une tourelle, et
qui est jeté sur un arceau.

En voyant les piliers qui soutiennent la voûte,
Semblables en hauteur aux cèdres du Liban,
Celui chez qui la foi ne trouve que le doute
Et que le scepticisme a vu mettre à son ban
S'arrêtera surpris!.... et pour le sanctuaire
Ses lèvres n'auront plus un ironique affront;
Et, l'œil humilié jusque dans la poussière,
Le superbe, l'impie abaissera son front.
La lune, en traversant les fenêtres-ogives,
Empruntait les couleurs de leurs riches vitraux
(Ces couleurs que les temps laissèrent pures, vives),
Et d'une teinte douce éclairait les arceaux.
Mon âme avec bonheur se plongeait dans le vague;
La brise m'apportait ses sons harmonieux;
J'étais, comme la feuille ondulant sur la vague,
Bercé par mes pensers aux flots capricieux.
. . . .
Les cloches de l'église à bruyantes volées
Tintaient, et de leurs sons assourdissaient les airs;
A l'office divin les masses appelées
Commençaient à remplir ces vastes lieux déserts.
Au bas du saint parvis les pesantes litières
Aux panneaux blasonnés terminaient leur chemin.
De jeunes chevaliers, à l'entour des portières,
A genoux présentaient à leurs dames la main;
Et les hauts châtelains, couverts de lourdes armes,
Arrivaient fièrement sur leurs fringans coursiers,
Suivis de leurs varlets et de leurs hérauts d'armes,
De leurs hommes de guerre et de leurs écuyers.....

..... Les vassaux occupaient les basses galeries ;
Les prieurs des moutiers, les puissans châtelains,
Aux stalles où brillaient leurs nobles armoiries,
Entraient de toutes parts avec leurs chapelains.
On entendait le bruit des pesans équipages ;
Et, portant sur le sein leurs divers écussons,
Des manoirs on voyait passer les jeunes pages
Et les gais ménestrels aux joyeuses cançons.
Des guirlandes de fleurs environnaient le faîte,
Les orgues résonnaient et vous portaient au cœur
Leurs suaves accens. C'était un jour de fête,
Et des prêtres en foule inondaient tout le chœur.
Guillaume de Nevers (*), qui des saints patriarches
Imita les vertus, dans le sacré cancel,
Courbant son front pieux, à genoux sur les marches,
A voix haute entonnait les versets du missel.
L'orgue vibra plus lent et plus mélancolique,
Les prêtres réunis élevèrent la voix ;
Par échos répétés, la vaste basilique
Reproduisait les sons et les chants à la fois.
J'aperçus Charles VII (**), qu'ivre de sa victoire
Roi de Bourge appelait l'insulaire orgueilleux,
Charles qui, délaissant les plaisirs pour la gloire,
A son nom accola le mot victorieux ;

(*) Saint Guillaume, de la maison de Nevers, évêque de
Bourges en 1199, mort en 1209.
(**) Charles VII, roi de France, appelé roi de Bourges,
habita long-temps cette ville, et mourut à Mehun-sur-
Yèvre, qui en est proche.

L'enfant de Charles VI, d'Isabeau de Bavière,
L'amant d'Agnès Sorel, lui qui laissa la faim
Terminer sa pénible et pesante carrière
En craignant que son fils n'en avançât la fin.
Son argentier (*) priait dans la chapelle en face
Où brillait l'écusson de la maison des Cœurs,
Les coquilles de Saint-Jacques couvrant la fasce,
Et le casque, et le champ-d'azur semé de cœurs;
L'homme fidèle à qui l'on doit la Normandie,
Ayant, pour l'acheter, prodigué ses secours;
Lui, le ministre pur, qui, noirci par l'envie,
Dans un lointain exil alla finir ses jours.
Je vis ensuite un homme à la creuse figure,
Aux vêtemens usés, se tenant à l'écart;
Son front était couvert d'un chapeau de fourrure,
Et sous d'épais sourcils flamboyait son regard.
Le haut de son visage était imposant, grave,
Cependant son sourire errait malicieux;
C'était bien Louis XI (**), à Montlhéry si brave,
Et depuis si craintif, si superstitieux;
L'astucieux Louis, aux milliers de victimes,
Vampire dont la soif s'étanchait dans le sang,
Qui tuait en silence, en de profonds abîmes,
Celui que ses soupçons avaient jugé puissant;

(*) Jacques Cœur, argentier de Charles VII, naquit à
Bourges. Sa maison, chef-d'œuvre d'architecture, sert
maintenant de mairie et de palais de justice.
(**) Louis XI, né à Bourges en 1423.

Roi de Plessis-lès-Tours , palais où chaque dalle
Cachait une oubliette, un précipice affreux ;
Louis qui , le premier, à l'hydre féodale
Osa porter un coup ; Louis le malheureux ,
Qui régnait confiné dans une forteresse,
D'une main un poignard, de l'autre un crucifix ,
Et qui de son enfant redoutait la tendresse,
Se souvenant encor qu'il avait été fils......
Je le vis à genoux au pied d'une colonne ,
Disant : « Pardonnez-moi., Notre-Dame d'Embrun ,
« Le crime dont je vais me souiller, ma patronne,
« Mais le sort me contraint d'en commettre encor
Deux hommes, tous les deux au visage sinistre, [un ! »
Aux côtés de Louis, des postes l'inventeur,
Se tenaient ; Olivier-le-Diable (*), son ministre,
Et Tristan , son compère et son exécuteur.
Pendant ce temps les voix résonnaient sous les voûtes,
Plusieurs prélats s'étaient succédés à l'autel ;
Les chants religieux, en se frayant des routes,
Sous les cintres vibraient et s'envolaient au ciel.
Sur les zones de fleurs qui festonnaient la pierre,
Sur la pompe étalée au service divin ,
Un écolier laissait tomber de sa paupière
Un regard dédaigneux. Je reconnus Calvin (**).

(*) Olivier-le-Daim, barbier de Louis XI, et qui devint
son ministre, était appelé quelquefois Olivier-le-Diable.

(**) Calvin étudia à Bourges en 1632 ; c'est là que Mel-
chior de Volmar lui don.. la première idée de la réforme.

C'était bien l'œil ardent, le front plein de génie
De l'homme qui voulait proscrire du saint lieu
Tout serment, tout primat, toute cérémonie,
Tout culte extérieur, comme indignes de Dieu.
Plus loin je vis Cujas (*), l'émule de Barthole;
Jurisconsulte habile, avocat éclairé ;
Il enseigna le droit romain à notre école,
Ce droit jusques alors de voiles entouré.
Les sons harmonieux traversaient les pédales
Et, remplissant la nef, couraient sur les parois.
On entendait les pas résonner sur les dalles
Et les piaffemens des nombreux palefrois.
. . . .
. . . .
Au lieu du châtelain couvert de son armure,
Au lieu de la litière aux panneaux blasonnés,
C'était le noble avec sa superbe voiture
Aux coursiers accouplés, aux coureurs galonnés ;
Du siècle du *grand roi* le noble aux talons rouges,
A l'habit brodé d'or, *courtisan dévoué* ,
Conquérant de boudoirs, pilier d'ignobles bouges
Et d'infâmes impôts, le célèbre roué.
Chaque jeune seigneur, comme un paon qui s'étale,
Pour fixer les regards et l'admiration,

(*) Cujas professa le droit à Bourges en 1550. Sa maison
sert actuellement de caserne de gendarmerie.

Nonchalant, se posait fièrement dans sa stalle
En parlant de Tayaut et de la Marion.
L'hymne ne vibrait plus au sein du sanctuaire,
L'orgue ne jetait point ses accens comme avant.
Un prêtre au front rêveur prit place dans la chaire;
Il allait faire entendre un sermon sur l'avent;
Et ce prêtre c'était l'éloquent Bourdaloue (*),
Roi des prédicateurs, prédicateur des rois,
Le jésuite qu'encore on admire et l'on loue,
L'homme aux profonds pensers, à l'énergique voix,
L'homme qui refusa l'épiscopale mitre,
L'homme au ton incisif et si plein d'onction.
Alors il commenta la belle et pure épître,
Et tous les cœurs semblaient trembler d'émotion.
Puis Labbe (**), soutenant avec la main sa tête,
Attira mes regards; Labbe l'historien;
A ses côtés assis j'aperçus le poète
La Chapelle (***), l'auteur, l'académicien.

. . . .

La foule désertait la vaste basilique,
L'office était fini. Soudain j'ouvris les yeux;
Le beffroi dans les airs tintait, mélancolique,
L'*Angelus* du matin aux sons religieux;

(*) Bourdaloue, célèbre prédicateur, est né à Bourges
en 1650.
(**) Labbe, jésuite né à Bourges en 1607.
(***) La Chapelle, né à Bourges en 1655.

Et ce que j'avais vu, ce n'était qu'un vain rêve
Comme en enfante tant l'imagination,
Un rêve que le flot, le soupir nous enlève,
Un rêve, léger sylphe ou triste vision !!

LE SUICIDE D'UN POÈTE.

—

« Quand donc viendra la fin de ma longue souffrance ?
« Qui voudra témoigner pour moi sa bienfaisance
« En daignant me jeter un morceau de son pain ?
« Moi qui n'ai pas d'amis, de parens sur la terre ;
« En vain, depuis long-temps, je me redis : Espère !
  « En vain je dis : J'ai faim !

« J'ai cherché du secours dans cette poésie
« Qui semble un frais nectar, une douce ambroisie ;
« Là, me disais-je, là je trouverai l'honneur.....,
« A la postérité moi je puis bien prétendre.....,
« Insensé ! désormais je ne dois plus attendre
  « Que misère et douleur ! ! !

« Qu'êtes-vous devenus, beaux jours de ma jeunesse ;
« Où mon âme ignorait jusqu'au nom de tristesse ?
« A vous ont succédé les pénibles momens
« Et ce chagrin mordant qui depuis long-temps dure.
« O Dieu ! du haut du ciel, toi qui vois ma torture,
  « Abrége mes tourmens !

« Mon bonheur idéal a passé comme une ombre,
« S'exhalant doucement au sein d'une nuit sombre!
« Ils sont finis pour moi ces temps d'illusion,
« Semblables aux parfums que l'haleine respire,
« Enlevés aux jardins par le riant zéphyre
    « Comme une vision.

« Ils sont évanouis mes projets chimériques....
« Mes écrits sont blâmés par de froids satiriques,
« De mon jeune talent zoïles odieux !
« En vain j'espérais voir dissiper ce nuage,
« De même qu'apparaît après un noir orage
    « Le soleil radieux !

« Et cependant un ange eût eu moins de constance
« Que moi voulant chasser cette pâle existence
« Et de mes derniers jours écarter tous les maux.
« Comme le papillon sur la feuille de rose,
» De même quelquefois la lyre se repose
    « Après de longs travaux.

« Pourtant je ne vins pas isolé sur la terre ;
« Car le ciel m'accorda mon excellente mère,
« Quand il voulut tirer mon âme du néant.
« Par mes faibles accords elle était rajeunie,
« Et souriait souvent à mon frêle génie.
    « Je n'étais qu'un enfant.

« Victime du destin sous lequel tout succombe,
« Pauvre mère ! elle dort dans une froide tombe ;
« Elle y trouve un abri contre son désespoir,
« Et là du moins, là, morte, elle n'a plus à craindre !
« O ma mère ! bientôt je descendrai te joindre ;
          « Bientôt j'irai te voir !

« Le déshonneur brûlant l'avait stigmatisée ;
« Oui ! !.... mon père mourut sans l'avoir épousée.....
« Elle connut sa faute et long-temps la pleura.
« Par vingt ans de regrets, d'une vie exemplaire,
« Par vingt ans de remords et de douleur amère
          « Elle la répara !

« Aussi, quand je parus au milieu de ce monde,
« Frêle comme un roseau qu'un vent couche sur
« Le monde me lança son méprisant regard ; [l'onde,
« Me chassant loin de lui comme une bête impure,
« Ce monde, il m'a crié... crachant sur ma figure :
          « Arrière, toi, bâtard !

« Bâtard ! toujours ce mot résonne à mes oreilles ;
« Bâtard ! tout me le dit, mon repos et mes veilles.
« Tous ils m'ont imprimé l'insulte sur le front !
« Tirer vengeance d'eux ! il faut un nom ; ô rage !
« Un nom, ah ! par pitié ! Je leur jette au visage ;
          « Les lâches pâliront !

« J'avais rêvé le cœur et l'amour d'une femme ;

« Je croyais pénétrer les replis de son âme ;

« Confiant, je comptais sur son affection ;

« De loin je la voyais belle comme un bel ange,

« De près je ne trouvai rien, rien que de la fange !

       « Triste déception !

« Conservant quelque espoir, selon l'erreur commune,

« Moi, sans titre, sans nom, sans aucune fortune,

« J'osai penser encore à la douce amitié......

« Et je trouvai partout la morgue et l'insolence,

« Qui jetèrent sur moi du haut de leur puissance

      « Un regard de pitié.

« Maintenant, je le sens au fardeau qui m'oppresse,

« Les hommes ont brisé l'élan de ma jeunesse.

« Mon âme respirait pourtant dans mes écrits ;

« Partout brillait l'ardeur et le feu du génie !

« Aux humains ignorans je lance, à l'agonie,

      « La honte et le mépris !

« Pour lui voilà mon legs ; oui, le mépris au monde !

« Quand il m'a vu glisser sur la pente profonde,

« M'a-t-il tendu la main comme à son frère ? non !

« .... Triste nécessité qui vous force à maudire

« Le jour où l'on naquit, et vous contraint de dire :

      « Vertu, tu n'es qu'un nom !

« Ah ! l'on ne comprend pas une âme de poète !
« Non, personne ne sait, quand il chante une fête,
« Qu'il travaille ses vers retiré sous le toit.
« L'été, quand le soleil sur lui darde à son aise,
« Il y brûle, il y bout comme en une fournaise,
    « Et l'hiver il a froid !

« Quand il parle festins, sur ses stances ourdies
« Souvent la plume échappe à ses mains engourdies.
« La douleur le contracte, il n'a rien à manger,
« Et dans son sein creusé coasse la famine.
« De secours nulle part; à la faim qui le mine
    « Le monde est étranger.

« Sous le besoin qui broie enfin son âme s'use;
« A chanter désormais sa bouche se refuse ;
« Pourtant pour vivre il faut qu'il compose toujours.
« Mais il ne le peut plus, sa muse est épuisée;
« Il souffre, il souffre alors, et, la tête brisée,
    « Il abrége ses jours.

« O mort ! ne pense pas que mon cœur te redoute !
« Escousse, sans frayeur, m'a tracé cette route ;
« A vingt ans, comme moi, la terre eut son adieu !
« D'abord il voyait tout, comme moi, par un prisme,
« Et lui, comme je meurs, est mort de scepticisme,
    « Ne croyant plus qu'à Dieu !

« Mais cessez de vibrer, ô cordes de ma lyre!
« Je me sens agité par un sombre délire ;
« Depuis que j'ai quitté les langes du berceau
« J'ai vidé du malheur la coupe bien amère ;
« Hélas! tout m'a paru semblable à la chimère ,
    « Excepté le tombeau! »

Ainsi parlait un homme à la tête flétrie,
Serrant un pistolet dans sa main amaigrie.
Puis...... il en appuya le canon sur son cœur,
Essuyant de ses yeux une brûlante larme ;
Il lâcha la détente , exempt de toute alarme ,
    En s'écriant : BONHEUR ! !

Se débattant encore, il maudissait le monde ;
Comme après l'ouragan quelquefois le vent gronde.
Mais le trépas bientôt appesantit ses yeux ;
Son âme, dépouillant sa terrestre parure ,
Monta paisiblement , avec un doux murmure,
    Vers le séjour des dieux !

LA PAUVRE MARIE.

—

Sur les flots ont cessé les bruyantes tempêtes ;
Et déjà des rochers les sourcilleuses têtes
    Se montrent au loin sur les eaux ;
Depuis le sol aux cieux, des cieux jusqu'à la terre,
Les vagues ne vont plus entr'ouvr'nt un cratère
    Comme un gouffre de tombeaux.

D'en haut ne partent plus ces brillans jets de flamme,
Qui par reflets dorés se montraient sur la lame ;
    L'horizon n'est plus aussi noir.
Je vois déjà des flots l'écumeuse surface
S'abaisser doucement, s'unir comme la glace
    De mon miroir.

Je n'entends plus le cri des sinistres vigies ;
Le soleil s'est couché dans les ondes rougies ,
    Le phare s'allume là-bas.
Le frais du soir s'étend sur le sable des dunes ;
Puis rentrent au logis les pêcheurs des lagunes,
    Mais lui, ne viendra-t-il pas?

Pourtant il m'avait dit : « Dans trois jours, ô Marie !
« Des mers je n'irai plus affronter la furie,
    « Et l'hymen pour nous aura lui. »
Et moi je l'attendis deux jours, celui que j'aime,
Oui, deux jours, et bientôt finira le troisième
    Encor sans lui !

N'ai-je pas vu ?... Mais non, c'est la mouette grise
Qui vole sur la baie pour affronter la brise
    Et s'endormir sur le rocher.
Et là, dans les roseaux du pied de la montagne....
Du plaintif alcyon c'est la triste compagne.....
    Elle vient comme moi chercher.

Et qui donc est couché sur la plage du hâvre ?
Vite, courons-y voir. O ciel, c'est un cadavre,
    Un pêcheur tout défiguré ! !
Pendant cette tempête il tomba dans l'abîme,
Et des brisans son corps cloué sur une cime
    Sort déchiré.

Il presse dans sa main une croix, c'est la mienne ;
Ces traits.... ce sont les siens..., et ces cheveux d'é-
    Oh! oui, c'est lui, c'est mon amant!   [bène....
Trois jours, m'avait-il dit, et tout à toi que j'aime.
Trois jours.... Nous arrivons à la fin du troisième ;
    Il a bien tenu son serment.

La malheureuse fille, après cette parole,
Baisa la froide joue et soudain devint folle.....
    Puis, prenant le corps du pêcheur,
S'élança sur les rocs, comme un faon des montagnes
Chassé de ses forêts dans les vastes campagnes
        Par le chasseur.

O vent ! apaise-toi, vois, regarde, il repose....
Je veux, à son réveil, lui donner cette rose....
    O silence, silence, il dort !
Mais pourquoi sommes-nous tous deux sur ce rivage?
Pourquoi cette pâleur et ce sang au visage,
    Dis, Carlo ?.... Mort ! ! !

Le lendemain, le jour se levait sur la terre;
Un chasseur et son fils, sortis de leur chaumière
    Pour aller parcourir le bois,
Virent sur les rochers qui ceignaient leur cabane
Deux corps enlacés comme au chêne la liane,
    Et l'un d'eux tenait une croix !

REGRETS D'UN LÉVITE.

Oh ! sois maudit ! jour où sans me connaître
Je vins jurer aux pieds des saints autels
De consacrer à Dieu seul tout mon être
Et d'abjurer les plaisirs des mortels.
L'amer remords, honteuse flétrissure
Du noir chagrin sur mon front sillonné,
Va dénoncer que je fus un parjure
Que l'Eternel sans doute a condamné !

Pouvais-je fuir, lorsque la fraîche femme
Au front candide, au teint rose, aux yeux bleus,
Vint dans mon sein épancher sa jeune âme
Et m'enivrer de ses tremblans aveux ?
Sans cesse en proie à la vive torture,
D'elle, un seul jour, je m'étais éloigné....
Mais je revins.... et je fus un parjure
Que l'éternel sans doute a condamné !

Pouvais-je fuir, lorsque l'enchanteresse
Humble, à mes pieds, au confessionnal,
Me dévoilait l'innocente faiblesse
Et les secrets de son cœur virginal ?
Je le voulus ; malgré moi la nature
Me retenait ; je restai fasciné !
Devant l'autel je devins un parjure
Que l'éternel sans doute a condamné !

Lorsque pour moi s'entr'ouvrira la tombe,
O Dieu, mon père ! ô Dieu, pardonne-moi !
De la clémence au pécheur qui succombe,
Au malheureux qui t'a manqué de foi !
Ma mission était noble, était pure ;
Pour elle, hélas ! moi je n'étais pas né.
Ah ! prends pitié de ton enfant parjure,
Pardonne-lui, qu'il ne soit pas damné !

✶✶

REVUE FANTASTIQUE.

29 JUILLET 1836.

(D'après Frédéric Soulié.)

—

Le peuple se ruait vers les Champs-Elysées,
Effleurant l'avenue aux branches pavoisées
Qui conduit au palais où résident nos rois.
Comme un nouveau décor, au lever de la toile,
Il dévorait des yeux le bel arc de l'Etoile
Dépouillé tout-à-coup de ses langes de bois.

Devant ce fier géant, ce colosse de pierre,
Apparaissant soudain pâle comme un suaire,
Il restait attaché, muet d'étonnement ;
Il ne pouvait savoir, lorsque des barricades
Etreignaient lourdement ses superbes façades,
La noble majesté de ce grand monument.

2.

Aussi lut-il surpris cette page d'histoire,
Souvenir du passé, rayonnante de gloire,
Où de tous nos héros sont burinés les noms.
Il contempla béant les nombreuses conquêtes
De ces vaillans soldats, ces musculeux athlètes
Nés au milieu des camps, au bruit de cent canons.

Devant lui, jeté là sans pompes triomphales,
On n'entendait qu'un bruit, comme un cri des raffales,
Celui de tous ces cœurs tremblans d'émotion.
Qu'eût-ce été si la France, et ses fils avec elle,
Fussent venus, un jour de fête solennelle,
Présider noblement l'inauguration.

Ce monceau de granit, cet ouvrage sublime,
De Gaule c'est un fils, mais fils illégitime
Que derrière elle un jour il lui plut de jeter.
Pauvre enfant délaissé sur la publique voie,
Fils qu'au monde elle mit sans plaisir et sans joie,
Et qu'elle ne veut pas par amour adopter.

Nous entendrons plus tard nos descendans se dire :
Quoi! le dernier enfant rejeton de l'empire,
Que leur avaient légué leurs ancêtres héros;
Ils n'ont pu rencontrer un homme à dure écorce
Qui sentît dans ses bras encore assez de force
Pour venir le tenir sur les fonds baptismaux!

C'est ainsi qu'on parlait devant l'arc de l'Etoile.
Et puis, lorsque la nuit eut étendu son voile,
Quand le jour à Paris eut crié son adieu,
On vit avec pitié ces flambeaux mis en ligne
Autour du monument, comme s'il n'était digne
Que d'être illuminé par des globes de feu.

Mais le peuple, amoureux des choses fantastiques,
Le peuple, réservoir des croyances antiques,
Qui des gnomes a peur et craint les revenans,
Qui, la tête à la pluie et les pieds dans la fange,
Etait venu chercher la gloire aux ailes d'anges,
La gloire au cœur altier plein de nobles élans,

Disait qu'il avait vu planer dans l'atmosphère
Une ombre qui, montant sur le géant de pierre,
Lui fit revoir les traits de son vieil empereur;
Et que cette ombre, au son des tam-tams de la foudre,
Du souffle qui broyait les potentats en poudre
Tuait les lampions témoins de sa frayeur.

Jadis, il le savait, aux temps de la victoire,
Le soleil, devant lui, lui ce fils de la gloire,
Faisait luire toujours ses vastes gerbes d'or.
Aussi, se disait-il, s'il savait que l'orage
Gronde sur le grand homme, il calmerait sa rage,
Et, soleil d'Austerlitz, il brillerait encor!

Tels étaient les pensers des citoyens en masse.....
Mais personne d'entre eux ne se sentit l'audace
De venir hardiment le répéter tout haut.
Et les morts, eux, les morts, ils ne pouvaient le faire,
Eux pour l'éternité bannis de la lumière !
Eux qui n'ont seulement que la nuit du tombeau !

Le jour pour les vivans et la nuit aux victimes,
Au chevet du bourreau poursuivi par ses crimes
Du suaire arrachant leurs cadavres sanglans,
Les amis au cercueil, pour eux la nuit encore,
Eux qui viennent calmer le mal qui nous dévore
Et rafraîchir nos cœurs de songes consolans.

La nuit pour Bonaparte et ses grandes armées
Soudain pour leur revue à sa voix ranimées
Et de leurs froids linceuls débarrassant leurs corps,
Le soleil, en dardant ses rayons sur le faîte,
N'a pas vu les vivans célébrer cette fête,
Mais la nuit le vit faire, et ce fut par les morts.

Des lampions épars en cette vaste enceinte
La mourante clarté partout s'était éteinte ;
La lumière avait fait place à la triste nuit,
La foule s'en allait sévère et mécontente ;
Rapidement venue, elle s'écoulait lente,
Et le morne silence assoupissait le bruit.

Pour moi , vieux vétéran, malgré les flots de pluie,
Je n'avais pas suivi la multitude enfuie,
Devant le monument je restais arrêté,
Et sur ces murs gravés mes yeux navrés de larmes
Lisaient tous les vieux noms de mes vieux frères d'ar-
Dans vingt combats divers tombés à mon côté, [mes ;

Et quand la foule entière alors fut disparue,
Que chaque curieux eut regagné sa rue,
Je vis sur le fronton scintiller un éclair !
Puis après , j'entendis dans une paix profonde,
Semblable au bruit que fait la mouette sur l'onde
Rasant les flots de l'aile, un bruit passer dans l'air.

Un fantôme plana, comme un souffle de brise,
Voilant dans son essor l'épaisse robe grise
Qu'aux regards présentait le vaste firmament.
Puis, avec majesté s'élançant du nuage
Qui l'avait apporté d'une lointaine plage ;
Il alla se placer au haut du monument.

A l'entour de son front , comme une ombre d'ébène,
Volaient le manteau bleu , linceul à Sainte-Hélène,
Sur lequel si souvent il s'était assoupi ;
Et le chapeau, condor aux ailes déployées,
Qui, s'élevant au sein des villes effrayées,
Semblait au haut d'un roc sur son aire accroupi.

Il laissait retomber ses regards vers la terre,
Et ses yeux attachés sur le géant de pierre
Le faisaient resplendir d'une fauve clarté.
Le feu qui s'échappait de ses larges prunelles
Allait se refléter en vives étincelles
Sur ces héros voués à l'immortalité.

Sa voix, qui de l'Europe éveillait l'indolence,
Alors, sans s'y mêler, passa dans le silence
Comme cette lueur l'avait fait dans la nuit.
Et l'ombre, se tournant vers les remparts de Vienne,
Où dormait contre lui plus d'une vieille haine :
A moi ! Vole vers moi, mon fils, a-t-elle dit.

Sa parole passa vite comme une trombe,
Et vint se répéter aux parois de la tombe
Où dort depuis cinq ans son enfant prisonnier,
Qui, s'éveillant, leva le dessus de sa bière
Et partit.... au cercueil laissant son froid suaire,
Comme il doit le laisser au jugement dernier.

Pour le père et le fils c'étaient deux bans à rompre,
Deux gardiens zélés qu'il leur fallait corrompre,
Le premier le trépas, l'autre l'éloignement.
Tous les deux, cette nuit, dérivèrent leur chaîne.
L'un parti de Schœnbrunn, l'autre de Sainte-Hélène,
Se trouvèrent tous deux au haut du monument.

Alors Napoléon , ouvrant sa redingote,
Avec force frappa du talon de sa botte
Le fronton glorieux, souvenir de valeur,
Et , tirant son épée, emblème de victoire,
Dont l'éclat appelait , aux beaux jours de sa gloire,
Sur les fronts couronnés une blême pâleur :

A moi , mes cavaliers, à moi , mes frères d'armes ;
Vous dont le noble cœur ignora les alarmes ;
A moi, mes vieux grognards, à moi, mes généraux,
A moi , les compagnons de toutes mes batailles ;
Que la terre pour vous rentr'ouvre ses entrailles,
Je vous appelle à moi , sortez de vos tombeaux !

Montrez à mon enfant le noble et vaste empire
Que trente ans de combats avaient pu lui construire,
Montrez-lui votre gloire, ô mes braves guerriers ;
Montrez-lui ces états dont il eût été maître ,
Et qu'un injuste sort l'empêcha de connaître.
Montrez-vous tous couverts de sang et de lauriers.

Comme à la voix de Dieu , je vis fendre la terre ,
Le mort se réveiller dans son étroite bière,
Tout un monde nouveau s'arracher au néant !
Ses anciens compagnons, avec obéissance,
De leurs séjours glacés sortirent en silence,
Empressés et soumis à la voix du géant.

Allons, ma vieille garde, en bataille, en bataille,
Comme au temps où pleuvait contre toi la mitraille !
En bataille, soldats ! Allons, mes généraux !
Ils se rangèrent tous auprès de l'avenue
Si pleine maintenant et naguère si nue,
Roulant leurs flots nombreux aux ordres du héros.

Il abaissa ses yeux sur cette immense ligne
Où ces hommes encor remplissaient la consigne
Que chacun d'eux jadis observait dans son corps.
Le regard qui sortit de dessous sa paupière
Etincela sur eux une ardente lumière
Et fit resplendissans ces six cent mille morts.

Mon œil lut sur leurs fronts célèbres dans l'histoire,
Au lieu d'un numéro le nom d'une victoire,
Qu'ils avaient achetée au prix de leur trépas.
Napoléon, alors élevé sur le faîte,
Les vit tous de la main toucher leur noble tête,
A leur vieil empereur salut de vieux soldats !

Tiens, dit-il à son fils, voici les Tuileries,
Palais de courtisans, d'âmes viles, flétries ;
J'y séjournai jadis avec mes compagnons,
Quand ma main retenait les rênes de l'empire.
Mais écoute, mon fils, ce que je vais te dire,
Et de tous ces guerriers tu connaîtras les noms.

Sa mâle voix, alors, traversant l'étendue,
Sur tous les bataillons fut bientôt répandue.
Il s'écriait : « Berthier, viens, mon brave Berthier,
« Viens de mes régimens commander la manœuvre ;
« Contemple en traversant cette noble et grande œuvre,
« Vois, mon fidèle ami, ce monument altier. »

Le tambour au signal vint se mettre à la tête ;
La trompette sonna ses fanfares de fête ;
Le coursier fit entendre un long hennissement ;
Sous ces forêts de pieds bientôt trembla la terre,
Et tous ces régimens, cet appareil de guerre,
Ces six cent mille morts furent en mouvement.

Je distinguais déjà les soldats sur la route,
Presque arrivés au pied de la sublime voûte.
. . . « Mon fils, dit Bonaparte, en bas jette les yeux.
« Voici d'abord Désaix, Désaix, le sultan juste,
« Qui, le froid de la mort sur son visage auguste,
« M'envoyait un laurier pour ses derniers adieux.

« Kléber, le dur soldat, qui portait haut la tête,
« Auquel j'avais laissé l'Égypte, ma conquête,
« Le seul à qui j'osai confier ce pays ;
« Lui dont tant de boulets n'avaient trouvé la trace,
« Quoiqu'il les eût bravés si souvent face à face,
« Tomba sous le poignard d'un des lâches spahis. »

5.

De milliers de soldats deux imposantes haies,
Avec le pantalon aux tricolores raies,
Tous, le fusil au bras, arrivaient après eux.
Ils avaient leurs habits hachés de déchirures ;
Sur leurs corps labourés par de nobles blessures
L'empereur fit tomber un regard douloureux.

« Lannes me tend la main, reprit-il, et s'avance.
« Iéna, Marengo sont pleins de sa vaillance.
« Vois son sabre d'honneur, vois les drapeaux d'Eylau !
« Les champs sanglans d'Essling furent son cimetière !
« Salut, Lanne ! Avertis la garde consulaire
« Que je suis content d'elle ; adieu, Montebello !

Puis vinrent des soldats..... «Regarde comme ils pas-
« Ils ressemblent aux flots qui si vite s'effacent. [sent ;
« Celui-ci, maintenant, c'est le brave Augereau !
« Au temps où sur mon front s'élevait la couronne,
« Je l'avais anobli : duc de Castiglione ;
« Il était né l'enfant du faubourg Saint-Marceau.

« Il tient un étendard ; mais, non semblable à Lanne,
« Lui, pour le conquérir, n'a pas fendu de crânes,
« Et pour le conserver son sang seul a coulé ;
« C'est le sien, qu'il avait jadis au pont d'Arcole ;
« N'en sachant de meilleur pour porter ce symbole,
« On le lui redonna de mitraille criblé. »

Il passa des soldats par milliers à sa suite.....
« Tiens, dit Napoléon, Lefèvre vient ensuite,
« Lefèvre, le premier que ma main blasonna.
« Vois des nobles guerriers la troupe formidable
« Qui marche auprès de lui d'un pas infatigable;
« Ce sont mes vieux grognards, mes gardes d'Iéna.

« La France du berceau de Lefèvre s'honore !
« Un salut à ce brave, enfant; salue encore.
« De tous mes généraux c'était le plus loyal,
« Il ne voulut jamais qu'on payât son courage ;
« C'est le seul dont les fils n'ont eu pour héritage
« Que l'or de son habit, lui duc et maréchal !

« Maintenant, vois venir la phalange infernale;
« Chambure, qui jouait son front contre une balle ;
« Cent fois il mérita le signe de l'honneur,
« Quand, simple capitaine, avec sa rare audace,
« Contre les ennemis il défendit la place
« Conquise par Lefèvre avec tant de valeur.

« Ils ont passé, ceux-ci, mais, mon enfant, regarde,
« Et là, découvre-toi, car c'est ma vieille garde!
« Oudinot, leur vieux chef, ne conduit pas leurs rangs,
« Oudinot, qui respire encore sur la terre ;
« Aussi profondément que nous dans notre bière,
« Il demeure immobile au milieu des vivans.

« Tiens, voilà Masséna couché dans sa voiture,

« Souffrant, comme à Wagram, d'une large blessure;

« En cent différens lieux il promena ses pas.

« Aussi, c'était l'enfant chéri de la victoire !

« Une fois j'avais dit : Il faut vaincre avec gloire !

« Et lui, pour m'obéir, gagna tous ses combats.

« Ceux-là qui maintenant vont passer sous l'arcade,

« C'est Rampon l'invincible et sa demi-brigade,

« Rampon et ses soldats, qui me rendaient si fier.

« De courageux héros citadelle formée

« A l'ordre d'un plus brave, égide de l'armée,

« Que soutenait Rampon sur ses muscles de fer.

« — Comme vite ils s'en vont, couverts de cicatrices,

« Illustres souvenirs de leurs nobles services;

« Comme rapidement ils passent devant moi.

« Vous m'en avez nommé peut-être un par centaine ;

« De tous ces généraux, de tous ces capitaines;

« Pourquoi se hâtent-ils, ô mon père, pourquoi ?

« — C'est que la nuit est courte et que l'heure s'envole;

« La destinée au jour m'ôtera la parole,

« Et nous renverra tous dormir sous le gazon.

« Soldats, passez, passez ! il en est temps encore ;

« Et que tous je vous voie avant que de l'aurore

« La clarté n'apparaisse au loin sur l'horizon. »

Vite, ils défilaient tous , sortant du sein de l'ombre ,
Pour se voir de nouveau plonger dans la nuit sombre·
Chacun des régimens , chaque division
D'abord vers l'empereur s'avançaient en silence ;
Mais , à peine arrivés sous le passage immense ,
Ils criaient en hourra : Vive Napoléon !!

Ils virent traverser les bataillons d'élite ,
Le chasseur au colback, et le léger vélite ,
Le marin de la garde et le brave lancier ,
L'imposant grenadier, l'active artillerie ,
Et le pesant dragon auprès du duc d'Istrie ,
Le hussard intrépide et le lourd cuirassier.

Puis c'étaient les soldats qui virent Barcelone ;
Vainqueurs à Badajoz , vainqueurs à Tarragone ,
Junot et Pérignon , si grands par leurs exploits ,
Eux qui , pour renverser le guérilla perfide
Et cueillir leurs lauriers , n'avaient point eu pour
Celui dont le regard faisait trembler les rois. [guide

Courant comme les flots d'une onde trop recluse
S'échappant en torrens par une vaste écluse ,
Ils regardaient tous deux s'écouler les soldats.
Le prince dit alors : « Voyez près du passage
« Ce guerrier dont la gloire est empreinte au visage ;
« Voyez, mon père, il pleure en vous tendant les bras.

« —Lui, c'est mon premier fils, lui, c'est ton frère Eu-
« Toujours grand, toujours noble, il méconnut la[gène.
« Pour ton bonheur au ciel il adressa des vœux, [haine.
« Et même il a béni le jour de ta naissance,
« Jour qui lui ravissait la couronne de France ;
« Réponds-moi, maintenant, put-il être envieux ?

« Sous ce simple uniforme où brilla son courage,
« Regarde ce soldat, il a l'âme d'un sage.
« Ce nom de vice-roi recouvre un citoyen ;
« Dans ce cœur dévoué d'un fils est la tendresse.
« Admire-le, mon fils ; hélas ! à ta jeunesse
« De l'imiter le sort a ravi le moyen !

« Enfant, vois ces marins qui s'avancent en foule.
« De leurs habits brûlés l'eau de la mer découle ;
« Ce sont les matelots du vaisseau le Vengeur,
« Qui se firent sauter pour fuir la flotte anglaise,
« Et s'abîmèrent tous, chantant la Marseillaise.
« Leur trépas les couvrit d'un immortel honneur.

« L'empereur finissait... Le prince dit : Mon père,
« Distinguez-vous là-bas ces fleuves de poussière
« Obscurcissant les airs comme un épais brouillard,
« Ce superbe coursier qui bondit et se cabre,
« Et les éclairs brillans qui partent de ce sabre,
« Ce panache élevé comme un noble étendard ?

« — Ah ! je crois reconnaître, à ces plumes flottantes,

« Murat, mon beau lion aux boucles ondoyantes.

« Doucement, mon soldat.... Aux rangs des ennemis

« Tu n'as plus à porter la mort et le carnage.

« Pourquoi presser ainsi ton coursier tout en nage ?

« Tu n'as plus à soumettre au galop cent pays.

« Pourquoi donner un ordre à ta cavalerie ?

« Kutusow n'est pas là, sous cette galerie ;

« Et pourquoi te baisser passant sous le fronton ?

« Je t'avais fait bien grand, mais lui plus que personne !

« Entends-tu, fier Murat, mon soldat à couronne,

« Mon frère Joachim, mon courageux lion.

« En revoyant Davoust, ton ancienne colère

« A fait, comme autrefois, palpiter ton artère ;

« Et sur lui ton œil jette un farouche regard.

« Vois Belliard qui dit qu'à nul antagoniste

« Un roi ne doit jeter son sang en duelliste.

« Ne l'appelle donc pas pour te battre à l'écart.

« Crois-moi, quoique la mort t'obéisse en esclave,

« Et quoique ta vaillance à chaque heure la brave,

« Je suis avare, moi, du sang de mes soldats.

« — Et celui qui vient là, blanc comme dans la tombe,

« Son sabre recourbé sur sa cuisse retombe,

« Trop faible, il ne peut plus le porter à son bras !

« — Cet homme à la figure et livide et flétrie

« C'est Poniatowski , le brave sans patrie ,

« Qui vint à notre France offrir ses beaux lauriers.

« — Mon père , et celui-là qui sur ses pas entraîne,

« Comme étant attachés à lui par une chaîne ,

« De vos anciens combats les nombreux prisonniers ?

« C'est Rapp , qui se couvrit d'une éternelle gloire ;

« Toujours blessé, toujours guéri pour la victoire ;

« Cent fois devant le fer il exposa son cou.

« Dans les camps plus de sang s'échappa de ses veines

« Qu'il n'en faut pour remplir dix carrières humaines.

« Et maintenant, fléchis, mon enfant, le genou.

« Vois-tu par là cette ombre au-dessus de la foule

« Qui si rapidement sous nos pieds se déroule ?

« C'est Ney, mon grand héros , duc de la Moscowa ,

« Soldat dont la valeur ne connut pas d'entraves;

« Aussi se nommait-il Ney le brave des braves! »

Et, s'adressant à lui , lors il continua :

« Pourquoi , mon brave Ney, pousser ce triste râle ?

« D'où viens-tu, mon ami , si défait et si pâle ?

« Viens-tu de la Russie où nous étions sans pain ?

« Où parmi les strélitz , comme à coups de massue,

« Avec les régimens tu t'ouvrais une issue.

« Ney, viens-tu du désert ? Es-tu las ? as-tu faim ?

« Allons, mon vieil ami, reprends ta vieille audace ;
« Pour aller te chercher, moi, nu-pieds sur la glace,
« Vois, j'ai pris mon bâton, et j'avance à grands pas.
« Eh quoi ! rien ne peut rendre à ton corps qui chan-
« De ton noble courage une seule étincelle,   [celle
« Toi, des braves le brave au milieu des combats.

« L'audace et la fierté, tes anciennes compagnes,
« Où sont-elles ? Grand Dieu ! de tes vingt-deux cam-
« Quand au fort du danger tu bravais mille [pagnes,
« Tu n'as pas rapporté sur ton sein cette plaie [morts,
« D'où le sang coule encor comme par une claie ?
« Et qui donc, juste ciel ! a pu percer ton corps ?

« Ah ! je vois maintenant ; sans pitié pour leur frère,
« Mes soldats ont troué cette poitrine fière.
« Sur ce cœur, mon enfant, vois leurs douze sillons.
« Il fut assassiné par les cours prévôtales,
« Lui, lui pendant vingt ans respecté par les balles,
« Lui qu'avait respecté le fer des bataillons.

« Regarde-le, mon fils, il est mort en coupable,
« Cet ami courageux, ce guerrier honorable.
« Et ce n'est pas le seul de ceux qui vont passer !
« Ramel, Labédoyère, eurent cette souffrance ;
« Le reste de leur sang, répandu pour la France,
« La France trop ingrate a voulu le verser.

3.

« Mais, braves, maintenant soulevez votre tête,
« Saluez cette nuit comme une nuit de fête ;
« Allons, levez vos fronts, vainqueurs d'Ulm et d'Ey-
« Vétérans d'Austerlitz, soldats des Pyramides, [[lau,
« Et vous, vous, dépouillant vos sanglantes clamydes,
« Venez, accourez tous, héros de Waterloo !

« Braves ! pour vous la voie eut la pente glissante,
« Et sur vos reins la croix fut bien long-temps pesante ;
« Mais comme palme enfin le mal vous est compté.
« Recevez donc le prix de votre long martyre ;
« Arrivez, mes héros ! Levez vos yeux pour lire
« Vos noms que je consacre à l'immortalité ! »

Napoléon, alors, abaissant son épée,
Fit jaillir un éclair de la voûte frappée,
Et lire à ses soldats, autour du monument,
Tous leurs noms burinés sur le géant de gloire,
Mais plus profondément encore dans l'histoire ;
Et le mort a vu là ce que j'ai vu vivant.

Puis le jour s'est montré.... Les ombres funéraires
Sur le char de la nuit s'enfuirent dans leurs bières.
Comme on était venu l'on s'en alla sans bruit.
Quand je m'en retournai je vis la sentinelle
Raconter aux badauds assemblés autour d'elle
Quel sinistre ouragan avait troublé la nuit.

Pour moi, je le savais.... Ce n'était pas l'orage
Qu'on avait entendu gronder sous le passage.
Au logis je revins, et bientôt m'endormis.
Puis, pendant mon sommeil, au milieu de mes songes
(Visions de l'esprit, salutaires mensonges!)
Je crus revoir encor tous mes anciens amis.

[RÊVERIES.

Par un beau soir d'automne, au milieu des vallées,
Que j'aime à m'égarer sous les sombres allées,
    Pour réfléchir,
Quand sur mon front pensif les marronniers antiques
Forment en se courbant de verdoyans portiques
Que le moindre des vents jusqu'à moi fait fléchir.

Avec bonheur, alors, moi pauvre créature,
J'admire, confondu, cette belle nature;
J'admire et je bénis le divin ouvrier !
Puis, encore en suspens, par mon âme étendue
Je viens à m'immiscer dans l'immense étendue,
Et là, vers l'Eternel, mon cœur aime à prier.

Ah ! qu'il est beau de voir ces sillages des nues
Agglomérant parfois leurs parcelles menues
    Au sein des airs,
Nous offrir des tableaux, mystérieux mirages
Reproduisant aux yeux de bien lointains parages
Que vers notre horizon reflétèrent les mers.

Qu'on est bien à penser sous ces ormes antiques !
On croirait écouter d'harmonieux cantiques,
Quand le zéphyr emplit de ses bruissemens
Le vallon ; on dirait de graves psalmodies,
Ou d'un suave luth les fraîches mélodies
Qui pénètrent le cœur de doux ravissemens.

Que j'aime à côtoyer ce ruisseau si limpide
Qui tantôt par torrens bondit et va rapide,
　　　Et souvent lent,
S'écoule doucement sous ces rians ombrages,
Fertilisant les fleurs qui bordent ses rivages,
Et couvre dans son cours un lit de sable blanc.

Puis, quand, s'étrécissant, le ravin dans sa pente
Entraîne les cailloux sur lesquels il serpente,
Sa vague va courber le jonc qu'elle a touché,
Le flot marche toujours, et sur une autre passe
Il s'efface bientôt au milieu de l'espace,
Et le jonc lève alors le front qu'il a couché.

J'admire les oiseaux qui sous ces épais chênes,
Volant en liberté sans maîtres et sans chaînes
　　　Vers d'autres champs,
Délaissent à leur gré leurs anciennes campagnes,
Et mènent avec eux leurs petits, leurs compagnes,
En troublant les échos de leurs sonores chants.

A ce spectacle, alors, le vrai, le vrai poëte
Sent le sang refluer à sa brûlante tête,
Sent son cœur palpitant prêt à briser son sein.
Il entend dans son corps s'élancer sa grande âme,
Son âme qu'on forma d'une céleste flamme,
Et de profonds pensers voit sortir un essaim.

Quand le poëte sent son front comme la lave,
Il dit : Quoi ! l'oiseau libre et le mortel esclave !
       Puis il reprend :
Créature insensée, enfant de cette terre,
Puis-je du créateur pénétrer le mystère ?
Tout est bien ! Dieu le fit, il est juste, il est grand !

LE BANDIT.

Lorsque les cieux sont couverts de nuages
Et que le vent a sifflé dans les airs ,
Quand sur ta tête ont grondé les orages ,
Quand dans la nue ont brillé les éclairs,
Bon voyageur, pour ta course lointaine,
Sois bien armé , voici venir la nuit ;
Car, embusqué dans la forêt prochaine ,
　　Te guette le bandit.

Quand sur l'Olympe une étoile scintille
Et vient montrer son or au firmament,
Quand sur l'azur la pâle Phœbé brille ,
Loin de ta mère égaré , pauvre enfant,
Au fond du bois si la frayeur t'entraîne
Lorsque l'horloge aura sonné minuit,

Ne cherche pas d'abri sous le vieux chêne,
   C'est là qu'est le bandit.

Lorsque, perdu dans les hautes futaies,
Tu ne vas plus que d'un pas incertain,
Et que ton œil cherche au travers des haies
A se frayer un pénible chemin,
Si tout-à-coup tu vois une lumière
Vers le ravin t'indiquer un réduit,
Ah ! fuis au loin ! ah ! fuis cette chaumière,
   C'est là qu'est le bandit.

Quand, fatigué de chasser dans la plaine,
Croyant goûter les douceurs du repos,
Tu viens t'asseoir auprès de la fontaine
Et savourer ses bienfaisantes eaux ;
Si le zéphyr n'agite aucun feuillage
Et que pourtant vers toi parvienne un bruit,
Crois-moi, chasseur, déserte ce parage,
   C'est là qu'est le bandit.

Si quelquefois sur la route isolée
Un étranger, quand arrive le soir,
Suit tous tes pas dans l'étroite vallée,
Fuis ! hâte-toi ! Regarde ce front noir !

Ce front empreint des stigmates du vice,
Du sceau vengeur qui frappe le maudit
Et qui déjà commence son supplice,
C'est lui, c'est le bandit.

* * *

Souvenirs de Paris.

L'INFANTICIDE (*).

—

Un matin je voulais aller aux catacombes,
Contempler une fois ces souterraines tombes
Où lentement le temps, de ses savantes mains,
A bâti des autels de squelettes humains.
Mon regard se plongeait sous ces sombres carrières,
Se frayant un chemin dans ces blanches filières
Où dorment les martyrs de nos dissensions.
Sur ces murs incrustés de mille inscriptions
Je relisais les noms de ces guerres civiles
Dont les feux, tant de fois, embrasèrent nos villes.
Il fallait que le ciel eût un motif puissant
Pour permettre aux mortels de verser tant de sang!

(*) Cette pièce de vers a paru le 10 juin 1838, dans le
Courrier de Loir-et-Cher.

O mon Dieu ! me disais-je, on vit donc bien des cri-
Puisque, pour les laver, tu pris tant de victimes. [mes,
Soudain un bruit confus, comme des pas nombreux,
En troublant mon esprit me fit lever les yeux.
J'aperçus devant moi cet antique édifice
Qu'habita saint Louis, le palais de justice.
Aux grilles se pressait le peuple de Paris.
J'y courus, et je vis quatorze piloris !
Quatorze condamnés sur ce hideux pinacle
Aux regards curieux se donnaient en spectacle.
Je me disais tout bas : Qu'aura-t-on de bonheur
A voir marquer un homme au sceau du déshonneur ?
Que vient donc faire ici cette masse de monde ?
Attend-elle une joie à cette scène immonde ?
Pensant aux criminels, mon âme les plaignait,
Et sur leur triste sort mon cœur blessé saignait.
Retenu par la foule, il fallut faire face
Et fixer ses regards sur la fatale place.   [queurs
Douze hommes aux poteaux se dressaient en vain-
Et promenaient de là sur nous leurs yeux moqueurs.
Ils lançaient contre nous des injures infâmes.
Le hideux échafaud portait aussi deux femmes :
L'une, le cou levé, disputant leurs lauriers,
Nous éclaboussait tous de ses mots orduriers ;
L'autre, à son pilori, les mains violacées,
Tant ses étaux de fer les avaient embrassées,
Sur ses haillons usés laissait tomber des pleurs,
Et son front révélait de mordantes douleurs.

Elle élevait en vain à sa tête baissée
Ses mains pour se cacher de la foule empressée.
Alors je détournai les yeux avec dégoût
Des autres criminels; ces fanges d'un égoût;
Et je ne vis plus là que l'âme repentante
Qui mêlait ses sanglots à leur joie insultante.
Son visage défait par la honte couvert
Semblait dire : Pitié , pitié! j'ai bien souffert!
Moi je réfléchissais. Cette femme qui pleure,
Qu'a-t-elle fait ? Soudain le timbre sonna l'heure,
La foule s'écoula. J'allai près des bourreaux
Qui venaient détacher les flétrissans étaux ,
Demandant : Cette femme au visage livide ,
Quel peut être son crime ?—Elle ? un infanticide!
Oh! m'écriai-je alors, plongé dans la stupeur.
Elle entendait, et dit d'un ton qui me fit peur :
Oui , tuer son enfant c'est une chose affreuse!
Mais, hélas! ô mon Dieu , j'étais si malheureuse!
Elle se recueillit pendant quelques momens,
Puis elle reprit : Vous, écoutez mes tourmens.
Mon époux , cet hiver, ne trouvant point d'ouvrage,
Sentait de plus en plus décliner son courage,
Car chaque jour plus fort la misère croissait;
Et plus fort chaque jour son pied lourd nous froissait.
Il mourut, le chagrin, le désespoir dans l'âme
De léguer au malheur et son fils et sa femme.
Le froid et le besoin nous tuaient à la fois;
Nous n'avions pas de pain et nous manquions de bois.

Après sa mort, mon Dieu! que de larmes versées!
Que de pénibles nuits loin du sommeil passées!
De notre étroit grenier l'air fétide et malsain,
Le manque d'aliment, avaient tari mon sein;
En vain mon pauvre enfant le cherchait de sa bouche,
Arrosant de ses pleurs la paille, notre couche,
Il tombait lentement. Je le voyais mourir,
Ne pouvant le chauffer, ne pouvant le nourrir,
Car la misère, là, de son éponge amère
Pressurait tout le fiel dans mon âme de mère.
Je me souvins alors qu'aux hospices pieux
Un prêtre ami du pauvre, un saint religieux,
Avait ouvert aux murs de bienfaisantes brèches
Où, pendant les hivers, dans de profondes crèches,
Quand d'étoiles le ciel se trouvait couronné,
La mère déposait son enfant nouveau né.
En bénissant le prêtre et sa bonté propice,
Mon fils entre mes bras, je courus vers l'hospice.
J'arrivai.... Mais, monsieur, quel fut mon désespoir!
Le tour était brisé par ordre du pouvoir!
Je cherchai, me croyant le jouet d'un vain songe....
C'était chose réelle et non pas un mensonge!
Mon fils souffrant pleurait; pour y remédier
J'allai tendre la main, oui, j'allai mendier!
Oh! bientôt je n'eus plus ni force ni courage,
Car à chaque prière un refus, un outrage;
Et moi je devins folle.... Un nuage de sang
S'étendit sur mes yeux.... Et mon fils innocent,

Mon fils, que torturaient des souffrances cruelles,
Lui dont les doigts en vain pressuraient mes mamel-
J'étreignis dans mes bras son sein contre le mien, [les,
Et puis je ne vis plus, je ne sentis plus rien !!

Quand je repris mes sens, on m'avait enchaînée ;
Dans un affreux cachot j'avais été traînée....
A mon esprit revint comme une rêve confus
Le passé, mes terreurs, l'hospice, les refus.
Au geôlier je criais : Montrez-vous charitable ;
Mon fils, rendez-le-moi.... De quoi suis-je coupable ?
Sa réponse à mon cœur parvint en l'étouffant....
Horreur ! horreur ! j'avais étranglé mon enfant !!

. . . .

. . . .

Et des sanglots sans fin brisèrent son haleine ;
On eût dit à la voir la sainte Madeleine,
Quand aux pieds de Jésus, en ses fervens désirs,
En pleurs, elle abjurait tous ses honteux plaisirs.
Depuis lors, reprit-elle, on a soin de ma vie,
On éloigne de moi le trépas que j'envie.
Au temps où j'étais pure on me laissait mourir,
Criminelle chacun vient pour me secourir ;
Mais leurs efforts sont vains, car la victime tombe,
Et bientôt, je le sens, on creusera sa tombe.
La tombe est un asile où le malheur s'endort,
Et pour le paria c'est un bien que la mort.
Puis dans le ciel mon fils attend sa pauvre mère ;
La justice de Dieu n'est point une chimère

Comme celle de l'homme..... Alors je la quittai
En répétant tout bas : Sur nous fatalité !
Un enfant qui se tord sous la faim qui l'opprime,
Et les tours enlevés.... Sur qui tombe le crime ?

AUX PETITS ENFANS.

—

Livrez-vous, mes enfans, aux plaisirs de votre âge ;
    Consacrez vos âmes aux jeux.
Sautez, courez, chantez, sous cet épais feuillage,
    Votre destin est d'être heureux.
    Mais de ceci gardez la souvenance,
      Quand à vous un pauvre viendra :
      Faites l'aumône à l'indigence,
      Et le bon Dieu vous bénira !

Voyez ce vieux soldat brisé par la misère ;
    Son corps est couvert de haillons ;
Et sur son noble front l'inquiétude amère
    A creusé ces caves sillons.
    Rappelez-vous que jadis pour la France ;
      O mes enfans, son sang coula ;

Courez alléger sa souffrance ,
Et le bon Dieu vous bénira !

Là-bas, voyez aussi la pauvre mendiante
   En proie aux douleurs de la faim.
Voyez-la se traîner sur la terre, mourante ,
   Et venir vous tendre la main.
  Donnez pour elle et sa jeune famille ,
    Devant vous le besoin fuira.
    Jetez un sou dans sa sébille,
    Et le bon Dieu vous bénira !

Enfans, sur le chemin voyez ce chien fidèle
   Conduisant les pas d'un vieillard.
Voyez son maître à qui la nature cruelle
   Jeta sur les yeux un brouillard.
  Près du fossé , ce chien , comme avec peine ,
    Guide celui qui l'éleva.
    Donnez à l'aveugle qu'il mène ,
    Et le bon Dieu vous bénira !

Enfin , ayez toujours pitié des misérables ,
   O vous qui regorgez de bien ;
Donnez-leur seulement les miettes de vos tables
   Que vos valets jettent aux chiens.

Et quand un pauvre, étendu sur la terre,
Mes enfans, vous implorera,
Ne repoussez pas sa prière,
Et le bon Dieu vous bénira!

EMMA,

Le vent glacé du nord, triste voix des hivers,
Fait bouillonner les flots sur la lointaine plage,
Et de son souffle impur, au sein des chênes verts,
Il flétrit les rameaux et jaunit le feuillage.
La corolle du lys, la feuille du viorne
S'étiolent sous lui, puis s'envolent après....
Moi qui me fane aussi, je m'en viens seule, morne
Pleurer sur son tombeau qu'ombragent les cyprès.

Là, quand le roi du jour abandonne les cieux,
Quand tout est rafraîchi par le doux crépuscule,
Lorsque chez les morts tout est silencieux,
Quand sur leurs membres las un frais sommeil cir-
Seule, je ne dors pas, et je viens, inquiète, [cule,
Apporter en tribut mes pleurs et mes regrets.
Pour témoin je n'ai là que la triste chouette,
Cet emblème de mort qui vit sous les cyprès.

Lorsque Phœbé la blanche allume son flambeau,
Quand ses rayons d'argent brillent dans la campagne,
Quand la brise du lac fait courber le roseau,
Quand la nuit étoilée est ma seule compagne,
Je sillonne de pas la funéraire allée;
Sous l'arbre des tombeaux je respire le frais.
Je prie agenouillée au pied du mausolée,
Et j'écoute le vent sifflant dans les cyprès.

De myrtes, de soucis je couronne la croix;
Et quand pour un instant le jour cesse son rôle,
Je regarde, en suspens je m'égare et je crois
Entendre comme un bruit de vêtement qui frôle.
Je vois dans les rameaux se glisser un fantôme;
Je le vois s'effacer, revenir, fuir après,
Semblable au feu follet sous le céleste dôme;
Je l'aperçois s'asseoir sur les sombres cyprès.

Il incline vers moi son visage sanglant,
Et me dit : Pauvre Emma, ma gente fiancée,
Pourquoi pleurer ainsi ? Puis il s'approche lent,
Et vient toucher mon front de sa bouche glacée.
Pourquoi cette douleur, pourquoi ce noir cilice ?
Que signifient ce deuil, ces funèbres apprêts ?
Si jeune, voudrais-tu t'abreuver du calice
Pris au mancenillier, ce frère du cyprès ?

Je regarde, muette et de joie et d'effroi;
Son ombre près de moi toute la nuit demeure;

Mais sitôt qu'au donjon le sinistre beffroi
A résonné six fois, du jour la première heure :
A ce soir, mon Emma, je fuis, voilà l'aurore.
Il dit , me baise au front, s'évanouit après.
Le socle se referme ; et moi j'attends encore....
Je n'entends que le vent sifflant dans les cyprès.

Mais le temps prend pitié de mes cuisans malheurs ,
Et lorsque le matin je traverse l'allée
Je me sens affaiblir, lentement je me meurs
Comme un lys ignoré dans la froide vallée ;
Et bientôt ici-bas, le trépas, je l'espère , ...
S'en viendra mettre un terme à mes tristes regrets,
Et mon corps dormira sous cette blanche pierre :
Près de mon bien-aimé, sous ces sombres cyprès.

L'EXILÉ.

Les vents déchaînés sur la rive
Vers vos bords volent en courroux;
Sur leurs ailes ma voix chétive
Ira peut-être jusqu'à vous.
Enfant exilé de la France,
Chassé par l'implacable loi,
O mes amis! à vous je pense;
Mais, là-bas, pensez-vous à moi?

Vous que j'aime plus que la vie,
Quand l'hymen nous tressait ses fleurs,
A mon départ, ô mon amie,
J'ai vu vos yeux verser des pleurs.
Mais, pendant ma trop longue absence,
M'avez-vous gardé votre foi?
A vous sans cesse moi je pense,
Maintenant pensez-vous à moi?

Lorsque les vents, sur ce rivage,
Vers moi devront s'en revenir,
O mes amis, de l'autre plage
Confiez-leur un souvenir !
Et si la volage Emilie
Enchaîne un autre sous sa loi,
Si dans le monde elle m'oublie,
Frères, du moins pensez à moi ! !!

●I●I●I●I●I●I●I●I●I●I●I●I●I●I●I●I●I●I●I●I●I●I●I●I●I●I●I●I●

LE PRISONNIER.

—

Vous épuisez l'inutile science,
   En vain vous me portez secours ,
Vos soins sur moi n'ont aucune influence
   Et ne peuvent sauver mes jours.
Pour endormir le feu qui me calcine ,
Pour apaiser mon pouls précipité ,
Pour rafraîchir ma brûlante poitrine ,
Il n'est qu'un baume, et c'est ma liberté !

Que devant moi vienne à céder la grille ,
   Qu'on me délivre de mes fers ;
Laissez-moi voir ce beau soleil qui brille ,
   Laissez-moi respirer les airs.
Qu'à mes regards se dissipe la brume
De la prison où le sort m'a jeté ,
Et , je le sens , le mal qui me consume
S'enfuira quand viendra ma liberté.

Le rossignol caché sous le feuillage
    Module ses accens joyeux ;
Mais, retenu dans une étroite cage ,
    Il se tait, triste et malheureux.
Malgré les soins pris de son existence,
Sans cesse il pense au bois qu'il a quitté ;
Et l'oiseau meurt au sein de l'abondance,
En regrettant sa douce liberté.

Ah ! dites-vous, pour toi dans l'esclavage
    Les portes ne peuvent s'ouvrir ;
L'air d'ici seul doit frapper ton visage.
    Alors, pourquoi me secourir ?
Ne venez pas empoisonner ma vie
Par cette feinte et vaine charité ;
Mon âme à Dieu bientôt sera ravie,
Et là , du moins , j'aurai ma liberté !

UN AMOUR DE PRÈTRE,

(Imité de Notre-Dame de Paris.)

—

Au fond de sa prison la jeune fille pâle
Sur le pavé glacé gémit, frissonne et râle.
Sur son front sont empreints ses douloureux tour-
Elle souffre, elle a faim, elle tremble, la Juive, (mens ;
Car le vent furieux s'engouffrant par l'ogive
Vient rider le contour de ses blancs vêtemens.

Jadis, comme les flots d'un torrent qui s'écoule,
Bien souvent sur ses pas toute Lutèce en foule
Se pressait pour entendre un de ces chants d'amour,
Et pour voir cette enfant, en un beau jour de fête,
Faire glisser ses doigts à l'entour de sa tête
      Sur la peau d'un tambour.

Mais pourquoi maintenant ce funeste présage ?
Pourquoi donc ce poignant désespoir au visage ;
Ces yeux baignés de pleurs , ces lèvres sans souris ?
Ah ! c'est qu'on a brisé son âme tant aimante
En gravant sur son front une tache infâmante ;
Exposée aux regards du peuple de Paris !

On trouva son amant assassiné près d'elle ;
Et le monde lui fit l'injure trop cruelle
D'imputer à sa main cet horrible trépas.
En vain le niait-elle à cette populace,
Ignorant que les cœurs pour elle étaient de glace :
       On ne l'écoutait pas.

De ce crime pourtant elle a la souvenance ;
Jadis..... ô temps maudit ! pleine encor d'innocence ,
Au tendre rendez-vous elle accourait un jour ;
Comme on l'est à seize ans , crédule , fascinée ,
Un mot de son amant vous l'avait entraînée ;
Pauvre enfant ! elle encor se fiait à l'amour !

Se livrant tout entière à sa brûlante ivresse ,
Elle lui redisait l'aveu de sa tendresse ,
Quand soudain , en tremblant, elle vit que deux yeux
Comme ceux que projette au loin sur une proie
La panthère affamée, en sa cruelle joie ,
       Etaient fixés sur eux.

A cet œil flamboyant elle crut reconnaître
Le farouche regard de Josias le prêtre !
Ce prêtre qui suivait ses pas le jour, la nuit.
Il avait élevé sa main où brillait l'arme ;
Au malheureux amant elle donna l'alarme !
Mais il était trop tard , elle s'évanouit.....!

A son réveil , hélas ! sa couche était la terre.
Tout son sang échauffé bouillonnait dans l'artère.
Quand elle eut rappelé ses esprits , sa raison,
Son corps était gisant sur les humides dalles ,
Son regard se perdait sous les sombres dédales
      D'une obscure prison.

Tels sont les maux cuisans qui brisèrent son âme;
Et maintenant, mon Dieu! qu'elle souffre, la femme !
Elle s'est corrodée aux souffles du malheur.
Sous le poids des soucis sa tête est affaissée,
Et par momens l'on voit sa poitrine oppressée
Bondir sous les élans que laisse aller son cœur.

Mais elle entend du bruit pendant qu'elle sommeille...
Des pas par intervalle ont frappé son oreille.
Qui donc en cet instant peut troubler son repos ?
La porte sur ses gonds roule, crie et résonne ;
Quelqu'un vient auprès d'elle, et cependant personne
      N'a pitié de ses maux.

Au haut de l'escalier enfin vient de paraître
Un homme.... Ciel! c'est lui! c'est encore ce prêtre
Au front pâle, à l'air triste, aux cheveux déjà gris.
Ses yeux sont constamment attachés sur la terre,
La fausseté respire en ce visage austère;
Et la ride a passé sur ces traits amaigris.

Jusque sur ses pieds tombe une soutane noire
Ceinte par le milieu d'une zône de moire,
Dont le vent en sifflant fait voltiger les plis;
Comme un jeune serpent caché sous la verdure,
Dépouillant de l'hiver, au printemps, la parure,
    Se courbe en longs replis.

Il étreint d'une main les arceaux de la rampe;
Et de l'autre il soutient une petite lampe
Dont la flamme s'élève en légers tourbillons.
Bientôt auprès de lui son ombre se projette
Aux reflets de la lampe, en longue silhouette
Sur les murs où le temps a gravé ses sillons!

Semblable au malfaiteur qui, redoutant son juge,
Cherche après son forfait où trouver un refuge,
Et ne sait où porter ses pas mal assurés,
De même, en hésitant, il descend en silence;
Tremble, monte, revient, a peur, recule, avance
    Sur les étroits degrés.

D'une voix en courroux la pauvre juive crie :
« Quand cesseras-tu donc cette aveugle furie ?
Quand verrai-je finir ce vain acharnement ?
D'une cruelle erreur je suis ici victime,
Car ce n'est pas mon bras qui consomma le crime ;
Oh ! non, ce n'est pas moi qui tuai mon amant !

Et toi, tu le sais bien, homme que je déteste !
Tu sais bien que c'est toi ; devant Dieu je l'atteste !
Oui, c'est toi que j'ai vu lui déchirer le sein.
Et voilà donc, chrétien, ta religion sainte,
Toi qui devrais, impur, habiter cette enceinte,
      Toi, lévite assassin ! »

— « Arrête ! jeune fille ; ah ! grâce ! grâce ! arrête,
Je me suis repenti ; j'en jure par ma tête !
Mais, enfant, vois aussi quels tourmens j'endurais.
Réponds, car, maintenant, j'en appelle à toi-même,
Dans les bras d'un rival te laisser, moi qui t'aime ?
Oh ! tu ne peux savoir tout ce que je souffrais !

Forcené, je t'aimai quand je te vis si belle ;
Il sembla que pour moi la vie était nouvelle ;
Tu venais raviver mes jours longs et pesans,
Tu ranimais mon âme encor morte la veille.
Ah ! comprends-tu l'amour d'une âme qui s'éveille
      Après trente et trois ans !

J'étais cloué sans cesse aux tours de Notre-Dame,
Quand près du saint parvis tu te montrais, ô femme !
Là , jusqu'à ton départ je restais fasciné.
Ce jour que tu maudis, j'avais compris l'échange
De ses yeux et des tiens ; alors mon mauvais ange
Me fit suivre vos pas, et je l'assassinai !

Tu dois avoir appris qu'ici-bas , dans le monde,
La société fuit comme une chose immonde
L'ancien peuple de Dieu, les enfans d'Israël.
Leur tribu te vit naître, et cependant sans crainte
De tendresse et d'amour, tu le vois, l'âme empreinte,
      Je suis venu , Rachel.

Tu vas me rappeler que je suis un parjure !
Il est vrai que jadis on m'avait crié : Jure ,
Et moi, sans le savoir, insensé, je jurai.
Mais depuis le moment où tu m'es apparue,
Dansant devant la foule, au milieu de la rue ,
Ce n'est plus le Très-Haut, mais toi que j'adorai.

Nulle tache n'avait sali ma conscience ;
J'avais livré mon âme à la vaine science ,
A la religion je m'étais adonné.
Du Dieu que je servais souillant le sanctuaire,
Ma passion n'est plus pour personne un mystère :
      Et je suis condamné !

Jadis on m'honorait comme un saint à l'église.
Réprouvé, maintenant la foule me méprise,
Et mon nom dans les cieux est inscrit pour l'enfer.
J'ai quitté l'Eternel, Satan seul est mon maître ;
Quand à son tribunal j'arriverai, moi prêtre,
Ah ! vous serez joyeux, suppôts de Lucifer !

Mais que m'importe à moi cet effrayant martyre !
L'enfer et ses tourmens, je ne ferai qu'en rire
Pourvu que ton amour se concentre sur moi.
Vois, je n'épargne rien... les sermens, les blasphèmes !
Réponds-moi, je t'en prie. Oh ! dis-moi que tu m'ai-
      Et je me donne à toi. »   [mes,

—« Qui ! moi t'aimer, infâme ! Oh ! non, je te déteste,
Je te l'ai déjà dit et je te le proteste.
Aimer un meurtrier,... celui de mon amant !
Non, non, je te le jure, à toi toute ma haine !
Oui, ma haine, entends-tu ! va, ta colère est vaine...
C'est pour l'éternité, j'en ai fait le serment ! »

— « Ne crois pas qu'impuni tu me jettes l'outrage.
Quoi ! toujours cet amant ! dit le prêtre avec rage ;
Tu l'aimes quoique mort ? Redoute mon courroux ! »
Une folle fureur l'agite et le transporte ;
Il sort rapidement, tire en grinçant la porte,
      Et ferme les verroux.

L'astre-roi descendu finissait sa carrière,
Et dans le fond des lacs rejetait sa lumière,
Quand on la conduisit devant le tribunal.
On aurait dit, à voir ces longues robes noires,
Des archanges déchus assis à leurs prétoires,
Et jugeant un mortel au parquet infernal.

Malgré l'air d'innocence empreint sur sa figure,
On la fait cependant passer à la torture...
Là, par la question ses membres sont meurtris.
Lorsqu'il faut s'éloigner de cette affreuse salle,
Sans peine elle ne peut appuyer sur la dalle
      Ses pieds endoloris.

Ramenée aussitôt dans son cachot humide,
Elle frissonne encor sur la paille fétide
Aux sifflemens du vent glissant sur les parois.
A ses yeux étonnés elle voit reparaître
Son barbare ennemi, cet homicide prêtre
Qui trouble sa prison pour la seconde fois.

— « Viens vite, viens ici savourer les délices
De voir mon faible corps brisé par les supplices
Que tu jetas avant au bras du tourmenteur.
Il est vrai, j'ai pâli près du questionnaire ;
Pourtant, malgré cela je brave ta colère ;
      Oui, tu me fais horreur ! »

« Ah! lui dit Josias , pardonne à mon délire;
Tiens , pendant ta douleur, j'endurais le martyre.
Regarde par tes yeux tout ce que j'ai souffert ; »
Et devant elle alors , découvrant sa poitrine ,
Il lui montre un poignard près d'une discipline
Reposant sur son sein par deux fois entr'ouvert.

« Tiens, vois cette blessure, elle est saignante encore;
C'est de rage pourtant ! Vois comme je t'adore !
Tu m'aimes, maintenant ? Tu m'aimes, n'est-ce pas?
Un sinistre ouragan va fondre sur ta tête,
Mais tu peux si tu veux détourner la tempête;
   Viens , Rachel , suis mes pas.

Abandonnons Paris et désertons la France,
Pour nous plus de chagrin , de peine , de souffrance,
Quand un autre pays nous aura vus tous deux.
Là, brisant les liens dont m'enchaîne l'église,
Je me consacre à toi , toi , l'enfant de Moïse;
Dans un lointain exil nous pouvons être heureux.

Sais-tu ce qu'on dira ? Je sais-tu ? parle, femme.
Tiens , je vais te l'apprendre. On dira que mon âme
Par un pacte est vendue au démon , à Satan.
Je me ris de cela, je me ris de Dieu même,
Car il a contre moi fulminé l'anathème,
   Il m'a crié : Va-t-en !

Lorsque dans les tombeaux la trompette sévère
Réveillera le mort endormi dans sa bière,
Et lui commandera d'aller au firmament;
Alors ma criminelle et pénible existence
Sur elle attirera la céleste vengeance,
Et je serai flétri du doigt du Tout-Puissant!

Alors mon pâle front sous ce doigt invincible
Rougira, ressentant ce stigmate terrible
Qu'aura dans son courroux imprimé Jéhovah.
J'entendrai les élus me crier dans ma fuite :
Honte au prêtre l'amant d'une fille maudite!
          Honte au parjure! Va!

Puis après, confondu dans les rangs des coupables ;
Des anges je verrai les troupes formidables
Me pousser dans les reins leurs glaives flamboyans,
Eux qui, m'ayant meurtri de blessures cruelles,
Me précipiteront aux flammes éternelles
Que, vengeur des forfaits, Dieu réserve aux méchans.

Ah! Rachel, quand on n'a que des brasiers pour cou-
Qu'un feu continuel vous dessèche la bouche, [che,
Et qu'une goutte d'eau ne peut venir à vous,
Ce sont là des tourmens!... et l'on me les destine!
Mais qu'un soupir d'amour échappe à ta poitrine ;
          Et je les brave tous!

Jadis on abusa mon inexpérience ;
Des vœux que j'ai formés quand je sus l'importance,
Souvent je me rendis le nuit devant l'autel,
Et là, pour mon salut, le front dans la poussière,
J'adressai de mon cœur une ardente prière.
Mais, hélas ! rien n'y fit ; ne suis-je pas mortel ?

Non, non, rien ne calma mon sang de prêtre vierge,
Et lorsque sur mon corps je promenais la verge,
J'étais par ton image encore fasciné.
Cet amour forcené qui dans mon sein circule,
Et comme un lent poison me consume et me brûle,
　　　C'est celui d'un damné !

Ah ! l'on a trop compté sur la faiblesse humaine,
Et pour tous, je le dis, cette entreprise est vaine.
Vouloir au cœur du prêtre étouffer tout amour....
Eteindre les désirs qui lui torturent l'âme !....
Folle ! on pourra bien endormir cette flamme
Long-temps, mais elle doit se réveiller un jour.

De la lune déjà la lumière est moins vive,
Et ses pâles rayons n'argentent plus l'ogive.
L'aurore, tu le sais, doit éclairer ta mort.
La nuit s'avance.... viens.... son ombre nous protége ;
Crains de voir arriver le funèbre cortége ;
　　　Viens partager mon sort...

— « Te suivre, toi, te suivre, homme vil, méprisable,
Non, ne le pense pas; la mort est préférable;
C'est à mon amant seul qu'appartenait ma foi.
— Ah! me braver ainsi, c'en est trop! tremble! tremble!
Oui, pour te posséder nous serons deux ensemble,
Car je le veux, te dis-je, et tu seras à moi. »

Comme l'orfraie en l'air qui s'élève et tournoie,
Lorsque sur le rocher elle voit une proie,
Il se jette sur elle et la prend dans ses bras.
Saisissant le poignard caché dans sa soutane,
La juive se dégage : — « Arrière, vil profane,
     Ou bien tu périras ! »

Tout-à-coup des soldats paraissent à la porte...
— « Plus d'espoir, dit le prêtre, et voici ton escorte.
Ah! tu me refusais, tu me criais : Va-t'en !
Va, marche au pilori, le peuple te réclame !
Va! fille d'Isaac, va rendre à Dieu ton âme!
C'est toi qui l'as voulu, va, le bourreau t'attend ! »

La foule par torrens s'avançant remuante,
Venant de toutes parts, mosaïque vivante,
Autour de l'échafaud se hâte d'accourir.
Tels les flots de la mer dont les lames pressées
Vers le pied des rochers aux cimes élancées
     S'avancent pour mourir.

Mais la juive déjà ne touche plus la terre ;
Le peuple voit ouvrir et fermer sa paupière,
Puis son corps en sursauts s'agiter par momens.
La pâleur de la mort se peint sur sa figure,
Le vent fait retomber sa noire chevelure
Qui mêle son ébène à ses blancs vêtemens.

Pendant ce temps le prêtre, aux tours de Notre-Dame,
Dans sa lente agonie a contemplé la femme !
Le remords le poursuit de son stylet vengeur.
Quand l'âme de Rachel a quitté son écorce,
Dans l'abîme ses yeux attirés avec force
    Plongent avec terreur.

La tête lui tournoie, et de la balustrade
Le vertige l'entraîne ; il effleure une arcade....
Sur les angles saillans ses membres sont meurtris.
Son corps sur les piliers bondit de pierre en pierre,
Et, cadavre glacé, retombant vers la terre,
Tout ruisselant de sang, roule sur le parvis !

●●

L'ORPHELIN ET LA SŒUR DE CHARITÉ.

> Les sœurs de charité, si pleines de
> dévoûment pour le malade au chevet
> duquel elles consument leur vie pour
> l'orphelin qu'elles protégent et élèvent,
> sont des anges que Dieu nous envoie
> pour soutenir le malheureux découragé.
>
> L'AUTEUR,

« Ma mère, lève-toi ! déjà la nuit approche ;
Marchons encore un peu ; vois donc, la ville est pro-
Allons, réveille-toi, maman ! maman, hélas ! [che.
Tu reposes toujours, et moi je suis bien las !
Pourquoi rester ici, sous ce vieux sycomore ?
Tu ne me réponds pas.... ma mère, rien encore !
Du brouillard près de nous s'épaissit la vapeur,
Le ciel est obscurci, le vent siffle.... j'ai peur !
Je reçois l'air piquant du fleuve qui charrie,
Vite, réveille-toi... Partons donc, je t'en prie !

Je suis couvert de neige; oh! maman, j'ai bien froid !
Les hurlemens des loups me pénètrent d'effroi !
Ah! pourquoi marchions-nous cette journée entière ?
Pourquoi donc m'avoir fait quitter notre chaumière ?
Je n'ai pas pu manger ce matin, et j'ai faim !
Quand donc de ton sommeil arrivera la fin ?
T'ai-je fait de la peine, ô ma mère si bonne?
C'est sans l'avoir voulu ; pardonne-moi, pardonne !
Déjà ne suis-je plus ton Gustave chéri ?
Embrasse-moi ; je souffre, et je serai guéri. »

Un jeune enfant ainsi s'adressait à sa mère,
Sa mère qu'il baignait de ses brûlantes pleurs,
Sa mère qui dormait pour toujours sur la terre,
Désormais à l'abri des poignantes douleurs.
Pauvre, par la fatigue et la faim accablée,
Son âme avait quitté son corps inanimé,
Et s'était vers les cieux en tremblant envolée
Pour veiller de là-haut sur son fils bien-aimé.
Mais lui, crédule enfant, la pensait endormie,
Et, troublant son sommeil, sans cesse il l'appelait.
Sa mère, à lui, c'était son seul bien, son amie.
Vains efforts! ... Et le vent sur sa tête soufflait...
Tout son corps grelottait et de froid et de crainte.
Il était isolé, sur le chemin, la nuit ;
D'une vague terreur son âme était empreinte.
Si des feuilles vers lui venait le léger bruit,

Dans le sombre brouillard il voyait un fantôme
Dont le bras décharné vers son front s'étendait ;
Il criait... Comme on voit dans le monde un atôme,
Dans cette morne paix sa voix se confondait ;
Puis aussi quelquefois, du sein de ces demeures,
Au milieu du repos qui couvrait le vallon,
Lentement sur l'airain venaient sonner les heures.
Alors à l'orphelin le temps semblait plus long...
De ses habits mouillés suintait l'eau glacée ;
Il ne disait plus rien, il était affaissé.
Puis, quand long-temps après cette nuit fut passée,
L'enfant au pied de l'arbre était toujours placé....
Mais quand il aperçut là sa mère étendue,
Quand il la vit si pâle, alors il s'écria....
Lorsqu'enfin il connut sa perte inattendue,
Se mettant à genoux, près du corps il pria !
Il demanda que Dieu voulût prendre son âme,
Qu'il lui laissât revoir sa mère dans les cieux.
L'enfant, levant le front, s'aperçut qu'une femme
Priait à ses côtés, des larmes dans les yeux....
La charité touchante imprégnait sa figure,
Ses regards tombaient doux sur le jeune orphelin,
Sa longue robe grise était faite de bure,
Son front était caché sous un voile de lin,
A sa ceinture noire était un saint rosaire.
Elle dit à l'enfant, brisé par ses douleurs :
« Pauvre petit, le ciel a rappelé ta mère,
Viens, tu seras mon fils, je sécherai tes pleurs !

Comme elle qui n'est plus, moi, ta mère nouvelle,
Quand tu reposeras, au chevet de ton lit
Je veillerai sur toi, je t'aimerai comme elle ;
Viens, tu seras mon fils. Et l'enfant la suivit.

AUX RICHES.

Faites pleuvoir l'aumône aux accens de ma lyre.
La vanité n'a point commandé mon délire;
  J'ai chanté pour les malheureux !
                              REBOUL.

Donnez, afin qu'un jour, à votre heure dernière,
Contre tous vos péchés vous ayez la prière
  D'un mendiant puissant au ciel.
                              VICTOR HUGO.

Il gèle, il gèle dans Lutèce
Où la misère est la maîtresse.
Le froid, la faim y restent cramponnés.
Dans Paris, cet immense gouffre,
Vous le savez, le pauvre souffre;
  Riches, donnez!!

Le vieillard dont la faim mord et ronge le fote,
Implorant la pitié sur la publique voie,
Glisse et va se briser le front sur le verglas.
Chaque flocon épais de la neige qui tombe
Recouvre sur la terre une nouvelle tombe,
Chaque cri des autans annonce un nouveau glas

Quand, près d'un âtre ardent, dans une de vos salles,
Vous rêvez... Quand vos pieds ne touchent pas les
Mais portent mollement sur de triples tapis, [dalles
Riches, rappelez-vous que sous le péristyle
Les pauvres, qui n'ont point ici-bas un asile,
   Tremblent tapis.

Aussitôt que le soir a parsemé la brume,
Bienheureux, vous foulez vos édredons de plume....
Ignorez-vous qu'hier vos valets ont trouvé
Morte une mendiante auprès de votre porte ?
Sur le trottoir glacé cette femme était morte,
Ayant les cieux pour toit et pour lit le pavé ! !

  Il gèle, il gèle dans Lutèce,
  Où la misère est la maîtresse.
La faim, le froid y restent cramponnés.
  Dans Paris, cet immense gouffre,
  Vous le savez, le pauvre souffre ;
   Riche, donnez !

O vous, puissans du jour, à vos belles soirées
De diamans, de fleurs, de femmes diaprées,
Au galop des coursiers vous courez à l'envi.
Là le sol se dérobe au pied qui le sillonne ;
Là, sous vos pas légers la valse tourbillonne,
Et par elle au parquet votre corps est ravi.

Quand l'harmonie à flots ruisselle sur vos têtes,
Lorsque vous jouissez des plaisirs de vos fêtes,
Enivrés par le bal, vous, vous ne songez pas
Qu'un enfant, attiré par vos mille bougies,
Epuise en vain son souffle entre ses mains rougies,
Et près de votre hôtel frissonne et pleure, hélas!

O nouveaux Lucullus, un pauvre, sur la borne,
Auprès de vos palais, le regard fixe et morne,
Entend votre allégresse et vos joyeux accens;
A ses cheveux blanchis où la neige se joue,
Des glaçons suspendus viennent fouetter sa joue;
En vain il tend la main aux barbares passans....
Alors la larme échappe à sa froide paupière,
Roule sur son visage, et tombe sur la pierre,
L'existence lui pèse, il désire mourir!
En butte au vent du soir, à la faim qui le ronge,
Il couche dans la rue; et personne n'y songe....
Le lendemain matin il n'a plus à souffrir!

Il gèle, il gèle dans Lutèce,
Où la misère est la maîtresse,
La faim, le froid y restent cramponnés.
Dans Paris, cet immense gouffre,
Vous le savez, le pauvre souffre;
Riches, donnez!

Jeunes femmes, et vous, vous si fraîches, si belles,
Qui changez tous les jours de parures nouvelles
Et portez à vos doigts des bagues de brillans,
Qui couvrez votre front d'éclatans diadèmes,
Qui mêlez vos cheveux de rubis et de gemmes,
Et vous lamez les mains d'or et de diamans,
Quand un schall éclatant de torsades dorées
Se drape sur vous, quand, élégamment parées,
Le monde vous entraîne à ces vifs tourbillons.
Sachez qu'un seul bijou qui dans vos plis scintille
Peut donner des habits à toute une famille
Qui grelotte de froid sous de pauvres haillons!

Quel bien-être pour vous d'aller à l'avant-scène
Etaler aux regards vos toilettes de reine,
Et vous voir accueillir de murmures flatteurs!
Et quel bonheur encor d'écouter un beau drame,
Tableau si pur, si fort des passions de l'âme,
Quand il est bien rendu par le jeu des acteurs.
Qu'on a joie à pleurer avec la triste Angèle,
Qu'on a peur chez Lucrèce ou dans la tour de Nesle,
Ces chefs-d'œuvre d'horreur... Mais un drame sans fin
C'est cette pauvreté.... l'actuelle misère,
Qui vous ronge le sein comme un mal, un ulcère,
C'est ce vautour qui mord, c'est la cruelle faim.

Le drame, le voilà, l'indigence si vraie,
Qui ne vous laisse pas glaner même l'ivraie,
Qui jette la torture au cœur du malheureux
Et fait crier bien haut dans son sein la famine.
Le pauvre alors, du poing meurtrissant sa poitrine,
Entend son estomac sous sa main sonner creux.
Le drame, c'est la faim qui dans vos fibres grouille,
Etant pour votre cœur ce qu'au fer est la rouille,
La fièvre de besoin qui vous met tout en feu,
La fièvre de besoin qui rend la gorge aride,
Nous mène à la fureur, ensuite au suicide,
Et nous fait blasphémer la justice de Dieu.

    Il gèle, il gèle dans Lutèce
    Où la misère est la maîtresse.
  La faim, le froid y restent cramponnés.
    Dans Paris, cet immense gouffre,
    Vous le savez, le pauvre souffre ;
      Riches, donnez !

Belles dames, tenez, armez-vous de courage
Et montez les degrés jusqu'au cinquième étage,
De la misère à nu vous comprendrez l'horreur !
Poussez les ais pourris d'une porte mal close ;
Là, pas de jeunes gens musqués d'ambre et de rose,
Mais des spectres vivans, squelettes de maigreur.
Là gît sur un grabat une mère qui pleure,
Car elle entend ses fils lui crier à toute heure :

Mère, depuis deux jours nous n'avons pas mangé !
Et rien à leur donner !... Par la vitre trouée
Le vent sur son visage apporte la broùée,.....

  J'en suis sûr, maintenant, oh! vous avez changé !
Sans doute vous pensiez : Ce n'est qu'un vain mensonge !
Je vous le disais bien : sans que personne y songe,
Le pauvre meûrt chez vous. On ne sait ce qu'il est !
On le loge au grenier... Quand arrive son terme,
S'il ne peut pas payer le loyer de sa ferme,
Son chétif mobilier se vend au Châtelet.

        Il gèle, il gèle dans Lutèce
        Où la misère est la maîtresse.
    La faim, le froid y restent cramponnés.
      Dans Paris, cet immense gouffre,
      Vous le savez, le pauvre souffre ;
            Riches, donnez !

Riches, vous le savez, le pauvre est votre frère !
Oui, vous eûtes tous deux une commune mère.
L'un à l'autre pourtant vous semblez étrangers.....
Il n'a cru voir en vous qu'âmes impitoyables,
Cœurs froids, secs et gonflés de vœux insatiables,
Il vous évite aussi comme il fuit les dangers...
Mais vous, à qui le ciel donna tout l'héritage,
Aujourd'hui faites-en un plus juste partage ;
Oui, quand vous regorgez de mille superflus,
Donnez-lui seulement le dernier nécessaire,

En un mot traitez-le comme on traite son frère,
Et le pauvre est content; il n'attend rien de plus...
Quand il vous aura vus, dans votre bienfaisance,
Accourir l'enlever aux dents de l'indigence...
Quand du siècle, ô Crésus, vous lui tendrez les bras,
Ce pauvre qui vous craint, qui vous déteste même,
Priant pour vous dira : Les riches, je les aime;
Ils sont justes et bons, je ne le croyais pas!

   Il gèle, il gèle dans Lutèce,
   Où la misère est la maitresse.
La faim, le froid y restent cramponnés.
   Dans Paris, cet immense gouffre,
   Vous le savez, le pauvre souffre;
      Riches, donnez !

MARC LE PÊCHEUR.

Vierge qu'ici ma voix réclame,
Marie, espoir des matelots,
Ne permets pas, ô Notre-Dame,
Que je périsse dans ces flots !
Je veux, à ton saint nom fidèle,
Sauvé des périls que je cours,
Dévotement, pendant neuf jours,
Aller prier dans ta chapelle.
Oh ! qui viendra me secourir !
Si jeune encor, faut-il mourir !

DELCROIX.

Sur l'horizon au loin l'orage gronde,
Le vent mugit sur les flots en courroux ;
Un frêle esquif vogue incertain sur l'onde,
Marc le pêcheur tremble et prie à genoux :
   Prenez pitié de ma souffrance,
   De ce danger sauvez mes jours ;
   Accordez-moi votre assistance,
   Notre-Dame de Bon Secours !

Ah! laissez-moi revoir ma vieille mère,
Seul ici-bas je lui donne du pain;
Sans son enfant bientôt sur cette terre
Elle mourrait de douleur et de faim.
    Prenez pitié de ma souffrance,
    De ce danger sauvez mes jours,
    Accordez-moi votre assistance,
    Notre-Dame de Bon Secours!

Rendez à Marc sa gentille Marie,
Il doit bientôt devenir son époux.
De l'ouragan apaisez la furie,
O ma patronne! ici protégez-nous!
    Prenez pitié de ma souffrance,
    De ce danger sauvez mes jours,
    Accordez-moi votre assistance,
    Notre-Dame de Bon Secours!

Mon humble toit isolé sur la plage,
Mon lit de mousse et l'âtre plein de feu;
A tous ces lieux témoins de mon jeune âge,
Faut-il donc dire un éternel adieu?
    Prenez pitié de ma souffrance,
    De ce danger sauvez mes jours,
    Accordez-moi votre assistance,
    Notre-Dame de Bon Secours!

De ces écueils sortez-moi , sainte Vierge !
Si jeune , hélas! on ne doit pas mourir !
Je vous promets pour tous les ans un cierge
Qu'à votre autel j'irai pieds nus offrir.
    Prenez pitié de ma souffrance ,
    De ce danger sauvez mes jours ,
    Accordez-moi votre assistance ,
    Notre-Dame de Bon Secours !

Mais sur les flots un nuage étincelle ,
L'éclair s'y montre en longs sillages d'or ;
La foudre éclate et brise la nacelle....
Marc le pêcheur y répétait encor :
    Prenez pitié de ma souffrance ,
    De ce danger sauvez mes jours ,
    Accordez-moi votre assistance ,
    Notre-Dame de Bon secours !

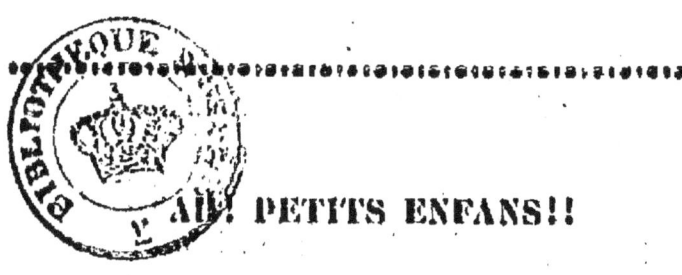

AH! PETITS ENFANS!!

Le culte des tombeaux est le culte du cœur.

Burés *de Limoges.*

Vous qui jouez bruyans au fond du cimetière,
Pourquoi venir troubler ce lieu silencieux ?
Pourquoi donc accourir, une cohorte entière,
Inonder de vos cris le doux repos des cieux ?
A peine, mes enfans, vous entrez dans la vie,
Pour long-temps à l'abri des injures du sort....
Contentez les désirs de votre âme ravie,
Mais respectez toujours l'asile de la mort !

Vous veniez pour cueillir dans de souples corbeilles
La fraîche marguerite aux pétales d'émail,
La violette bleue, et les roses vermeilles.
Déjà vous commenciez cet amusant travail ;
Croyez-moi, descendez jouer dans la prairie,
Laissez ces lieux en paix, enfans, ici tout dort,
Allez tresser ailleurs l'herbe si bien fleurie,
Car il faut respecter l'asile de la mort !

6

Vous ne savez donc pas que vous êtes profanes
En venant arracher la moindre de ces fleurs.
Vous ne savez donc pas qu'elles couvrent des mânes,
Que leur calice frais s'est ouvert sous les pleurs.
N'apercevez-vous pas toutes ces blanches pierres,
Termes placés pour dire : Un mortel ici dort !
Retirez-vous, enfans, vous foulez des poussières,
Et l'on doit respecter l'asile de la mort !

Ah ! lorsque vous courez sous les funèbres saules,
Lorsque vous regardez vos soyeux cheveux blonds
Flottant en boucles d'or sur vos frêles épaules,
Vous dites entre vous : Nos beaux jours seront longs,
Nous ne fléchirons pas sous le faix des années.....
Vous pensez que jamais de la vie on ne sort,
Hélas ! hélas ! bientôt les roses sont fanées.
Il faut donc respecter l'asile de la mort !

Encore un jour, un seul, et les rides affreuses
Sur votre front tout chauve alors serpenteront ;
Attendez un instant, et vos paupières creuses
N'auront plus leur éclat, vos yeux se terniront ;
Votre voix si joyeuse alors sera cassée ;
Alors vous sentirez le souci qui vous mord ;
Votre âme par les ans bientôt sera glacée.
Il faut donc respecter l'asile de la mort !

Puis, vieillards, vous mourrez ; de tous c'est le partage ;
Et dans de froids cercueils ici vous viendrez tous !
Puis encor des enfans comme vous , de votre âge ,
Viendront cueillir les fleurs qui germeront sur vous.
Comme je vous le crie , un homme à voix sévère
S'en viendra leur crier : Enfans, vous avez tort ,
On ne doit pas jouer au sein du cimetière,
Car il faut respecter l'asile de la mort !

17 MAI 1838.

Soumettant à tout prix son orgueil éhonté,
De bassesse en bassesse il avait tant monté,
Il avait tant flatté les vanités pressées,
Avait tant infiltré sous terre ses pensées,
Tant servi, tant trahi de maîtres couronnés
Pour des maîtres futurs d'avance abandonnés,
Il avait tant flairé sur des ondes limpides
Du vent encor dormant les invisibles rides,
De tant de dieux rivaux soufflé les passions
Et tant vu remuer de flux de factions,
Qu'à chaque mouvement de la vivante houle
Un flot l'avait d'en bas soulevé dans la foule,
Laissé tomber, repris, laissé, repris cent fois,
Jeté comme une écume au piédestal des rois.

(Un Ange déchu. — LAMARTINE.)

Dans l'espace la nuit, la nuit triste et voilée,
Sous son manteau de deuil, qu'elle étalait des mains,
Avait couvert les cieux sur sa route étoilée
Et versait le sommeil aux heureux des humains.

Le silence entourait ses épaisses ténèbres;
Seulement, par instans, comme un cri de remords;
L'airain faisant vibrer des tintemens funèbres....
Un vivant d'ici-bas descendait chez les morts !
Et puis, pour compléter cette lugubre scène,
Au moment où passait le premier tintement;
Une ombre fendant l'air s'éleva sur la Seine,
Et près du Panthéon descendit lentement.
C'était l'ombre d'un homme aux nombreuses années;
Son visage était pâle, et ses longs cheveux blancs
Retombaient en anneaux sur ses tempes fanées ;
Boiteux, il vacillait sur ses genoux tremblans;
Sa poitrine, de croix et de rubans couverte,
Faisait scintiller l'or sur son triste linceul ;
Son regard se glissait par la porte entr'ouverte,
Déjà son pied infirme avait frôlé le seuil ,
Il allait pénétrer..... quand une voix terrible
Comme celle de Dieu, lorsque du paradis
Il rejeta jadis, pour un forfait horrible,
Le plus beau chérubin au séjour des maudits ;
Lui cria par deux fois : Arrière ! prince, arrière!
L'homme effrayé roula , comme l'ange-démon
Quand sur lui se ferma la céleste barrière,
Et du ruisseau sortit tatoué de limon.
Vainement il cherchait la voix mystérieuse
Sonnant à son oreille un infernal beffroi,
Et répétant toujours sa phrase impérieuse ;
Quand soudain il fléchit, tout palpitant d'effroi.

6.

Sur le noble fronton où le grand statuaire
Du marbre a fait jaillir la sainte trinité
Qui semble présider l'illustre sanctuaire :
La Patrie et l'Histoire avec la Liberté,
La première, debout, ses longs cheveux en boucles,
Avait reçu la vie en son sein haletant,
Ses yeux étaient brillans comme deux escarboucles,
Son front pur se plissait de courroux éclatant.
De cette même voix qu'il avait entendue,
Elle lui demanda : Qui t'amène vers nous ?
Puis, avançant sa main dans l'immense étendue,
Elle lui dit encore : A genoux ! à genoux !
Le fantôme obéit. Sa chétive paupière,
Ne pouvait soutenir le feu de ces regards
Qui, se réfléchissant sur la sublime pierre,
Illuminaient partout ces grands hommes épars.
Alors elle reprit : Veux-tu donc une place
Au milieu des élus de notre Panthéon,
Près de Rousseau, Cuvier, Lafayette, Laplace,
Mirabeau, Manuel, Monge et Napoléon ?
Ceux-là, pour obtenir de ma main leur couronne,
Ont agi pour le bien de la postérité....
Prince, lève les yeux, vois ce qui t'environne ;
Comme eux de mon amour as-tu bien mérité ?
L'ombre ne parlait point : Eh ! pourquoi donc te taire ?
Dis, quels bienfaits as-tu préparés pour mes fils ?
Et pourquoi donc plier ton front jusqu'à la terre ?
La pudeur te sied mal. Dis-nous ce que tu fis,

— Ce qu'il fit ! ce qu'il fit, je le sais, dit l'Histoire ;
Criminel éhonté, puisqu'il ne veut parler,
A moi de le juger, de monter au prétoire ;
A moi qui connais tout de tout lui rappeler.
Puis, prenant son grand livre, elle dit : Qu'on
Tous les sanglans forfaits, toutes les trahisons [écoute !
Que son cœur infernal distilla goutte à goutte,
Comme l'arbre de mort, ses effrayans poisons.
D'abord prêtre, il se fit l'apôtre du scandale
Et glissa la débauche au dedans du saint lieu.
Puis, froissant les autels sous sa vile sandale,
Nouvel Iscariote, il renia son Dieu.
Du giron de l'église étant sorti, le prêtre
Couvert par Mirabeau se fit républicain.
Comme il avait jadis trahi son premier maître,
Par deux fois renégat, le lâche publicain
Oublia les sermens faits à la république.
Ayant encore au front ses parjures récens,
Cet apostasié, cette âme diabolique
Aux pieds de Bonaparte alluma son encens.
Que de rangs ce dernier entassa sur le prêtre,
Vil serpent qu'il avait réchauffé dans son sein.
Pour prix de ses bienfaits, contre son cœur le traître
Dirigea de Maubreuil le poignard assassin.
Puis, après Waterloo, se vautrant dans la cendre,
Il adora François, l'empereur autrichien ;
Et, se couchant aux pieds du cosaque Alexandre,
Il lécha ses talons en rampant comme un chien.

Vil tripoteur des sainte et quadruple alliances,
Trente fois il vendit son âme au plus offrant.
C'est lui, l'humble valet de toutes les puissances,
C'est lui qui sur le Rhin rogna l'empire Franc.
Et que d'iniquités son immonde carrière
A vu rouler depuis, au réprouvé maudit !
S'adressant à lui-même : Arrière ! prince, arrière !
Puis l'Histoire se tut ; et la France lui dit :
Toi , l'homme astucieux comme le chat qui rôde,
Qui trahis tour-à-tour Dieu, le peuple et les rois,
Toi qui gorgeas ton sein du crime et de la fraude,
Toi qui me fis traîner de si pesantes croix ,
Viens-tu chercher encore une place à ton âme
Et mendier pour elle un illustre tombeau ?
Une tombe pour toi , qui de l'ordure infâme
N'as pas pu de ton cœur préserver un lambeau !
Non , non , non, mais demain, le jour des funérailles,
Au moment où viendra le noble corbillard ,
Le peuple, dont ton nom fait bondir les entrailles,
Au passage viendra te saluer, vieillard !
Il traînera ton corps la tête dans la boue,
Et puis, en te crachant toutes tes trahiosns,
Il frappera du pied sur ta livide joue ,
Et flétrira ton front sous ses rouges tisons.
O malheur à toi qui te ruas dans la fange !
Malheur, trois fois malheur ! car la France y sera !!
Sur toute ta carrière on sema la louange,
Mais prends garde ! demain le peuple jugera !

Sur la grève élevant une ignoble potence ;
Il viendra t'y clouer, ô pécheur endurci !
Et, juge impitoyable, il lira ta sentence.
Malheur ! car c'est en vain que tu criras merci !
Raca sur toi qui m'as tant tissé d'agonies !
Tous ces hommes-héros crièrent à la fois :
Raca sur le parjure ! arrière ! aux gémonies !
Et l'ombre, épouvantée à ces magiques voix,
S'élança dans les airs sur sa route première....
De ces blocs de granit l'existence s'enfuit,
La pierre redevint, comme avant, une pierre ;
Et le vent emporta cette scène de nuit....

●●

SUR UN ENFANT MORT EN NAISSANT,

> . . . . C'est une fleur timide
> Qui dans ses feuilles se cachant,
> D'une fraîche rosée encore tout humide,
> A prévenu l'orage du couchant.
>
> BAOUR LORMIAN. (*Fragment d'Hervey.*)

O toi qui dors sous cette pierre,
Tu fus heureux
Lorsque la mort sur le sein de ta mère
Ferma tes yeux !
Enfant,
Que ton sort est digne d'envie !
Toi qui ne vins dans cette vie
Que pour rentrer aussitôt au néant.
Tu ne connaîtras point ce monde
Où, semblables aux flots de l'onde,
Sur les brisans,
De l'homme s'écoulent les ans....

Comme en un buisson d'aubépines
On voit des fleurs
Qui recouvrent des épines,
De même en notre existence
Un jour de la gaîté, le lendemain des pleurs.
Oui, parfois le bonheur vient calmer la souffrance ;
Mais hélas ! bien vite il s'enfuit
Comme un éclatant météore
Qui naît sur les cieux et les dore,
Puis aussitôt s'évanouit.
Le riche a pour partage
L'ambition et les soucis,
S'attachant aux parois de ses brillans lambris.
Le pauvre a, lui, pour apanage
La faim, la soif, la misère et le froid.
De tout cela tu n'as rien, toi.
Heureux qui peut diriger sa nacelle,
Et qui parvient à toucher avec elle
Le bord.
Enfant, sans peine,
Sans trouver un écueil,
Pour goûter le repos au port,
Tu conduisis la tienne.
Ton port, c'est le cercueil,
Et ton repos c'est la mort ! !

HIRONDELLE.

A l'approche de l'hiver les hirondelles se rassemblent par bandes et émigrent en Grèce.

Un naturaliste.

Hirondelle, sur cette rive
La neige blanchit les hameaux,
Et déjà la froidure arrive ;
Le nord effeuille les ormeaux.
    De nos climats
    Crains les frimas,
Redoute l'hiver qui nous presse,
Va, vole, vole vers la Grèce.
Là le soleil en reflets d'or
Pour toi pourra briller encor.

Va fouler les restes d'Athènes;
Ses nobles chapiteaux brisés,...
Jadis elle était fière reine,...
On y voit palais écrasés,
 Socles jonchés,
 Frontons penchés.
Redoute l'hiver qui nous presse,
Va, vole, vole vers la Grèce;
Là le soleil en reflets d'or
Pour toi pourra briller encor.

Marche sur le toit d'Hippocrate
Etayer ta frêle maison.
Va chanter pour le vieux Socrate
Sur les débris de sa prison,
 Et pour Solon,
 Et pour Platon.
Redoute l'hiver qui nous presse,
Va, vole, vole vers la Grèce;
Là, le soleil en reflets d'or
Pour toi pourra briller encor.

Va raser les champs de Platée.
Vois Miltiade dans les fers.
Va sur le tombeau de Tyrtée
Saisir les sons qu'envolent les airs.
 A l'univers
 Livre ses vers.

7

Redoute l'hiver qui nous presse,
Va, vole, vole vers la Grèce;
Là, le soleil en reflets d'or
Pour toi pourra briller encor.

Va quérir les tableaux d'Apelle,
Et sa palette et son pinceau.
Et des vierges de Praxitèle
Porte-nous le divin ciseau.
  D'Anacréon
   Cherche le nom.
Redoute l'hiver qui nous presse,
Va, vole, vole, vers la Grèce;
Là, le soleil en reflets d'or
Pour toi pourra briller encor.

Va voir au barreau Démosthènes
Mugissant contre un roi menteur;
Périclès, le maître d'Athènes;
Et de l'Iliade l'auteur;
  Léonidas;
   Pélopidas.
Redoute l'hiver qui nous presse,
Va, vole, vole vers la Grèce;
Là, le soleil en reflets d'or
Pour toi pourra briller encor.

Et lorsque ta voix si plaintive
Aura chanté pour tous, hélas !
Pauvre hirondelle fugitive,
Vers nos plages tu reviendras,
  Et puis tout bas
  Tu me diras
Si dans ce pays que tu laisse,
Si dans cette nouvelle Grèce,
D'Athènes les vieux siècles d'or
Pourront jamais briller encor.

ANNIVERSAIRE.

27 juillet 1838.

Prions, prions pour eux!
L. A. BERTHAUD *du Charivari.*

Debout, Français! debout! Aux tombes de nos frères
Allons prier! Allons de palmes funéraires
    Joncher leurs éternels séjours!
Allons renouveler les guirlandes fanées,
Car voici que revient au bout de huit années
    L'anniversaire des trois jours!

Dites, qu'il était beau le lion populaire
Quand de l'antre sorti, crispé par la colère,
Il s'éleva soudain comme un souffle de vent!
Dites, qu'il était beau! quand au fort des tempêtes
Il portait fièrement aux cieux ses mille têtes,
Et de ses mille voix s'écriait : En avant!

Ah ! c'est qu'au bruit des fers, c'est qu'au son des en-
Le cœur avait bondi dans tous ces seins de [braves,
Furieux, ils avaient déchiré leurs bâillons, [braves.
Ils avaient sur la terre éparpillé leurs langes ;
Et puis s'étaient formés en épaisses phalanges,
Disputant pied à pied la place aux bataillons.

Partout c'était l'horreur de la guerre civile....
Les boulets jaillissans serpentaient dans la ville,
Pulvérisant le peuple en leurs sillons brûlans.
Le peuple, vrai héros, aux feux des canonnades
De pavés opposant d'immenses barricades,
Sur la brèche creusait des sépulcres sanglans.

. . . .
. . . .
. . . .
. . . .
. . . .
. . . .

Lors de l'avénement de la nouvelle race,
Quand des trois jours encore il restait quelque trace;
Quand le peuple abaissait son glaive si puissant,
Quand le plâtre n'avait pas rempli sur les dalles
Les lignes des sillons que creusèrent les balles,
Quand la terre altérée humait des flots de sang,

Que sourdement encor la vivante fournaise
Grondait ; quand dans les airs volait la *Marseillaise*,
Quand, brillant de sa force et de sa puberté,
Le peuple en Spartacus aux vents jetait ses chaines,
Invitant par ses cris les nations prochaines
A chanter avec lui l'hymne de liberté,

Dans les lugubres nefs de cierges abondantes,
Alors on éleva des chapelles ardentes
Où sur des voiles noirs l'argent en pleurs brillait.
Alors on s'arracha des larmes des paupières,
Et l'on s'en vint placer la première des pierres
D'un monument, hommage aux mânes de juillet.

Et comme d'ériger la colonne Vendôme
Tombeau pour le héros qui plane sur son dôme
Etait d'un amour pur le sublime dessein,
On parla d'accorder aux morts pour cimetière
Ce noble monument dont on mit une pierre.
Fœtus informe, il s'est consumé dans le sein.

On secourut un peu les orphelins, les veuves ;
On accordait au peuple en craignant ses épreuves....
Mais sur le piédestal une fois établi,
Comme l'oiseau dans l'air ou le point dans l'espace,
Comme l'éclair rapide ou le vaisseau qui passe,
Nos glorieux trois jours tombèrent dans l'oubli.

Oui, l'on oublia tout. Eh ! la reconnaissance
Est-elle donc vertu des gens de la puissance ?
Pour mettre un mors au peuple on se couvrait de fard.
Mais quand jusqu'au zénith il eut servi de base,
Repoussé du talon il tomba dans la vase.
La liqueur pressurée , on dédaignait le marc !

A celui qui venait, criblé de cicatrices,
Leur demander du pain pour prix de ses services,
Des refus, un cachot; tel fut le noble accueil...
Et derrière le Louvre , en un coin solitaire,
Quatre ou cinq croix de bois éparses sur la terre
Des braves de juillet montrèrent le cercueil.

[journées
Mais nous , Français, nous tous, nous que les trois
Ne trouvent point changés après ces huit années ,
Nous, nous qui peuple nés, peuple sommes restés,
Allons tous saluer leurs dépouilles mortelles
Et couvrir de cyprès, de blanches immortelles,
Nos frères , défenseurs des saintes libertés !

Debout ! car à cette heure ils étaient tous en armes,
Ceux que l'éternité , dans la cité des larmes ,
Sur un pâle suaire a couchés pour toujours.
— Vous enfans , apportez des palmes funéraires;
Femmes, venez mêler aux nôtres vos prières.
Debout ! rendons-nous tous aux tombes des trois
[jours.

Et nos frères verront du haut de l'Elysée
Que notre âme, aux écueils des misères brisée,
Ne s'est point polluée en un infâme oubli ;
Et que par les faveurs aux brises parfumées,
Par les dons du pouvoir aux épaisses fumées,
Notre cœur alléché ne s'est jamais sali.

Debout ! Français, debout ! Aux tombes de nos frères
Allons prier. Allons de palmes funéraires
    Joncher leurs éternels séjours.
Allons renouveler les guirlandes fanées,
Car voici que revient, au bout de huit années,
    L'anniversaire des trois jours !

⚫•

L'ORPHELIN.

> Pauvre petit !
>
> BÉRANGER.

Voyez, au fond du cimetière,
Un jeune enfant est à genoux ;
Il vient prier pour une mère
Que lui ravit le ciel jaloux.

Tous les matins, sur cette tombe
Il éparpille quelques fleurs ;
Puis à sa douleur il succombe,
Et sur la croix verse des pleurs.

Pauvre orphelin, dans sa misère
Elle était son unique appui.
Depuis qu'il a perdu sa mère
Nul mortel n'a pitié de lui.

Qu'elle est cruelle sa souffrance !
A sept ans déjà le malheur !....
Et ne pouvoir par l'espérance
Adoucir au moins sa douleur !

Mais, des passans foule inhumaine,
Il implore votre bonté;
Ah ! soyez touchés de sa peine,
Et faites-lui la charité.

Grand Dieu, pour lui je vous en prie,
Apaisez ce chagrin poignant ,
Et près de sa mère chérie.
Daignez rappeler cet enfant.

Mais que vois-je ? ô terreur soudaine!
Il est tombé ! c'est pour toujours....
Le sang ne rougit plus sa veine,
La Parque a terminé ses jours !

Comme un souffle, son âme pure
S'est envolée au haut de l'air,
Et l'orphelin dans la nature
A passé semblable à l'éclair.

LE POITRINAIRE.

. . . . Les feuilles des bois
A tes yeux jauniront encore,
Mais c'est pour la dernière fois !
                                    MILLEVOYE.

Oh ! grand Dieu, pourquoi donc m'avoir donné la
    Pour abréger à présent mes instans ?   [vie,
Derrière moi je jette un vain regard d'envie;
    Je vais mourir, et je n'ai que vingt ans.
Non, non, Dieu tout-puissant, je n'eusse pas dû
    Pour être ici torturé, malheureux   [naître,
O mon frère, bien vite, ouvre cette fenêtre,
    Je puis demain ne plus revoir les cieux.

Chaque matin, hélas ! lorsque je me réveille,
    Je suis plus las de mon pesant repos
Qu'un des mortels heureux ne l'est par une veille.
    Oui, le sommeil irrite aussi mes maux !
D'un inutile espoir je ne puis me repaître,
    La vérité s'offre nue à mes yeux.
O mon frère, bien vite, ouvre cette fenêtre,
    Je puis demain ne plus revoir les cieux.

Chaque moment passé redouble la souffrance
   Qui sourdement me déchire le cœur.
Chaque instant écoulé m'enlève une espérance,
   Quand aux mortels il apporte un bonheur.
Je pleure de colère en voyant le bien-être....
   Je suis jaloux d'un front pur, radieux !
O mon frère, bien vite, ouvre cette fenêtre,
   Je puis demain ne plus revoir les cieux.

Et mon profond amour pour cette jeune femme,
   Je l'avais vu malgré moi s'allumer ;
Il m'a fallu l'éteindre en refoulant mon âme....
   C'était pitié ! moi, moi, vouloir aimer !
La laisser triste veuve avant de me connaître....
   Un tel projet me semblait odieux.
O mon frère, bien vite, ouvre cette fenêtre,
   Je puis demain ne plus revoir les cieux.

Moi dont le sang brûlé bouillonnait dans l'artère,
   Doublant le cours de ses pulsations,
Je ne pus espérer le bonheur d'être père,
   Bonheur mêlé de tant d'émotions.
Ce poison lent, mortel, mon fils l'eût eu peut-être ;
   Moi ; mes parens me l'ont légué tous deux.
O mon frère, bien vite, ouvre cette fenêtre,
   Je puis demain ne plus revoir les cieux.

Devant moi j'ai vu fuir ma jeunesse abattue,
   Triste, souffrante et semblable à l'éclair.
Oh! l'affreuse douleur... ! ô frère, elle me tue,
   Ah! par pitié.... de l'air.... je veux de l'air ! !
.... Le vent du nord, soufflant dans les branches du
   Enleva la feuille loin de leurs yeux....   [hêtre,
Alors son frère put refermer la fenêtre....
   Il ne devait plus contempler les cieux !

✿✿✿✿✿✿✿✿✿✿✿✿✿✿✿✿✿✿✿✿✿✿✿✿✿✿✿✿✿✿✿✿✿✿✿✿✿✿

LAURE.

Seigneur, n'avez-vous pas assez d'anges aux cieux !
Ode IXe. — VICTOR HUGO.

Les grilles des cachots sur toi se sont fermées ;
Tu gémis maintenant au fond d'une prison ,
Et ton sein se corrode aux vapeurs embrumées
Qui voilent au lointain l'azur de l'horizon.
Une geôle qu'à peine un jour douteux colore ,
Tant l'étroit soupirail est bardé de barreaux ,
Sans doute te renferme, ô malheureuse Laure !
Et vainement, hélas ! tu prias les bourreaux !
Oui, par leur tribunal la vie est condamnée....
Elle qui s'éteignait comme un pâle flambeau ,
Qu'à peine tu pouvais prolonger une année,...
Jaloux , ils sont venus t'en voler un lambeau !
Les lâches , dédaignant tes pleurs et ta prière,
Abusant d'un pouvoir remis entre leurs mains ,
Ont ravi les baisers d'une fille à sa mère.
Leurs cœurs sont-ils donc morts aux sentimens hu-
                                          [mains ?

Jadis, lorsque Jésus, au temple de Solime,
Répandait sur les Juifs le baume de sa foi ;
Quand il leur expliquait sa morale sublime,
Il était redouté des docteurs de la loi ;
Et, comme l'avait dit la sainte prophétie,
Ils cherchaient les moyens de le faire mourir.
Quand Judas, l'un des douze apôtres du Messie,
Pour remettre en leurs mains son maître vint s'offrir.
Alors, le jour où l'on mangeait le pain azyme,
Comme Jésus priait au mont des Oliviers,
Par un lâche baiser il livra sa victime,
Et pour sa trahison reçut trente deniers.
Pendant qu'on le menait au gouverneur Pilate,
Les soldats à Jésus prodiguèrent l'affront.
Ils vêtirent son corps d'un manteau d'écarlate,
D'épines lui plaçant une couronne au front.
Le frappèrent du poing, lui crachant au visage,
Et se rirent entre eux de ses soupirs plaintifs.
Puis, par dérision, et pour combler l'outrage,
Lui dirent à genoux : Salut au roi des Juifs !
Pour rendre plus amer encore le calice,
Le couvrant de brocards et de coups à la fois,
Ceux qui menaient le Christ au lieu de son supplice
Lui firent supporter le fardeau de sa croix.
Les filles de Sion, que la sainte doctrine
Contenait dans son sein, tristes de ses douleurs,
Vinrent sur son passage en frappant leur poitrine,
En poussant des sanglots, en répandant des pleurs,

Jésus-Christ fut cloué sur la croix au Calvaire,
Et près de deux larrons il mourut innocent,
Lui qu'un Dieu bon avait envoyé sur la terre
Racheter nos péchés au prix de tout son sang.
Et toi, Laure, de même, ô pure et noble femme !
Ta bouche ne s'ouvrait qu'à des mots de bonté...
Au malheureux souffrant tu donnais le dictame
En épanchant sur lui ta douce charité !
Un homme à qui tes soins avaient rendu la vie,
Nouveau Judas, vendit aussi sa trahison.
Comme le fut Jésus, tu te vis poursuivie
Et lâchement tenue au fond d'une prison,
Ta chaîne, tous les jours plus lourde, fut rivée....
Tous les jours la douleur affaissa plus ton front,
Et tu pus dire aussi : *Mon heure est arrivée.*
On outragea le Christ, *on t'a vomi l'affront !*
Tu reçus pour compagne une prostituée ;
Et ta pudeur rougit à ses mots éhontés,
O toi, femme aux discours pieux habituée....
Le juste mourut deux voleurs à ses côtés....
Ils t'ont rendu la route escarpée et glissante ;
Ton épaule a fléchi sous la croix, et nos pleurs
Ont coulé sur tes pas. Pour toi, femme innocente,
Nous avons soupiré l'hymne de nos douleurs !
O Laure ! éloigne-toi de notre terre immonde ;
Oh ! ne fais que passer comme un rapide éclair !
Etoile pure, en vain tu brillas sur le monde....
Aux champs Elyséens va, va chercher de l'air.

O Laure, éloigne-toi! Colombe blanche et sainte,
Ton cœur s'est abreuvé d'amertume et de fiel ;
Pour étancher ta soif on t'a versé l'absinthe.
Quitte ce monde impur, va , va, retourne au ciel,
Dans la corruption qui dévore leur âme
Vainement tu voulus faire entendre ta voix....
Et leurs cœurs gangrenés sont restés sourds, ô femme !
Et tes pieux discours sans effet , tu le vois.
Le mal est sans remède , ô Laure, étends tes ailes,
Va, l'air est trop épais, les hommes trop ingrats !
Va d'un rapide essor aux voûtes éternelles ;
Et sur nous qui t'aimons d'en haut tu veilleras.
Courage, Laure, atteins le sommet du Calvaire !
A nous tous, tes amis, jette un dernier adieu.
Ange, le tout-puissant t'envoya sur la terre....
Ange pur et martyr, envole-toi vers Dieu !

$\bullet$i$\bullet$i$\bullet$i$\bullet$i$\bullet$i$\bullet$i$\bullet$i$\bullet$i$\bullet$i$\bullet$i$\bullet$i$\bullet$i$\bullet$i$\bullet$i$\bullet$i$\bullet$i$\bullet$i$\bullet$i$\bullet$i$\bullet$

LES ADIEUX.

—

Le soleil a doré ces branches de lierre,
Adieu, vieillard, adieu ! ta hutte hospitalière
Ne doit plus abriter la tête du proscrit.
Adieu, vieillard, adieu ! la mort m'est destinée...
Je pars, je ne puis point parer la destinée,
Car la fatalité nous dit : Tout est écrit !

Jeune, je commandai sur ces riches rivages.
Mes frères sont tombés sous les coups des sauvages,
Le grand chef les a vus étendus pour toujours.
Mais son corps est usé, sa chevelure est blanche
Comme le blanc flocon que roule l'avalanche ;
Le chef est un mortel rassasié de jours.

Oh! j'ai vu bien souvent le soleil des savannes
S'élever au-dessus de ces vertes lianes ;
Je l'ai vu bien souvent se coucher dans le lac ;
J'ai souvent entendu parler nos saints prophètes ;
J'ai vu bien des combats, contemplé bien des fêtes,
Mais hier le Sioux a brisé mon hamac.

Devant moi le désert a déroulé ses plaines.
Les vents à mon oreille ont jeté leurs haleines....
Riche, je possédais des tentes, des troupeaux,
Mais le Sioux sauvage a remporté la lutte,
Déshonoré ma fille et dormi sous ma hutte....
Il a troublé les morts entassés sous les peaux.

Et j'ai vu s'établir ici les blancs visages....
J'étais jeune, et pourtant avec les hommes sages
J'ai parlé près du feu de tourbe qu'allumait
Néa. Souvent la guerre excita ses tempêtes
Pour moi. Mon tomahaw a scalpé bien des têtes,
Et, vainqueur, j'ai souvent fumé le calumet.

Regarde, le soleil a dépassé ce lierre....
Adieu, vieillard, adieu ! ta hutte hospitalière
Ne doit plus abriter le grand guerrier proscrit.
Regarde, un mocassin a frôlé cette enceinte ;
Oh ! puissé-je ne pas t'avoir versé l'absinthe !
Adieu, vieillard ; je dois succomber ; c'est écrit !

Et toi , jeune Maia, colombe aux ailes pures ;
Toi qui sus endormir mes sanglantes blessures
En répandant sur moi le suc du papaya ;
Ignore pour jamais si la lie est amère ,
Ce que peut contenir de pleurs l'œil d'une mère.
Adieu! que Manitou soit en aide à Maia!!

Ainsi parla le chef. Montant sur sa pirogue,
Au courant qui l'entraîne il s'abandonne et vogue ;
Au toit hospitalier il crie encore adieu,
Et glisse sur les flots. Sa barque vagabonde
Ne paraît déjà plus qu'un point au sein de l'onde,
Et se confond enfin avec l'horizon bleu !

LE RÊVE D'UN PRISONNIER.

J'aperçois une jeune femme
Sur les flots qui baignent la tour.
Elle fait voler sur la lame
Sa yole au frêle contour.
Son front pur qu'éclaire l'aurore
D'une auréole est entouré.
Oh ! laissez-moi rêver encore....
Demain je me réveillerai !

Comme un phare dans la tempête,
Aux matelots puissant soutien,
Sur l'onde elle élève sa tête
Portant un bonnet phrygien.
Liberté ! ce nom que j'adore,
Ses lèvres me l'ont murmuré...
Oh ! laissez-moi rêver encore,
Demain je me réveillerai !

Je la vois déployant ses ailes ,
Elle s'envole dans les airs,
Calmant nos discordes cruelles....
Je suis libre enfin.... Non ! des fers !!
Vous effacez mon météore,
Vous m'éveillez sous les verroux ;
Il fallait me laisser encore
Rêver, mon rêve était si doux !

ELLE.

Du ciel aucun nuage
Ne macule l'azur,
A travers le feuillage
L'air souffle, frais et pur.
Au lointain monastère
Le plaintif *Angelus*
Appelle à la prière
Les bienheureux élus.
Là-bas, sur la lagune,
La brise au doux soupir
Quitte la vague brune
Et semble s'assoupir.
La vive barcarolle
Ne résonne plus là,
Et sa seule gondole
Arrive, la voilà......
Oui, c'est bien mon amie,
Mon amie à l'œil noir

Sur la lame endormie
Venant glisser le soir.
Cette enfant belle et blonde
Aux flots capricieux
Semble un sylphe sur l'onde
Errant silencieux.
Je vois sa robe blanche
Que reflètent les eaux ;
Je la vois qui se penche
A travers les roseaux.
Déjà loin de ma plage
Elle a glissé sans bruit,
Et son lointain sillage
Se confond dans la nuit.
J'abandonne la rive ;
Elle a quitté ce lieu.....
Et ma bouche plaintive
Tout bas murmure : adieu !

LE DÉLIRE.

Oh! que la nuit est longue à la douleur qui veille!

SAURIN.

Oh! je voudrais dormir; ma pesante paupière
Au sommeil ne s'est pas close de si long-temps;
Et la nuit est si lente en sa triste carrière
Quand il faut en compter les heures, les instans.
Un bienfaisant repos, salutaire rosée,
Ne pourra-t-il jamais éteindre ou rafraîchir
Le feu poignant et sourd de ma tête brisée!
Verrais-je donc toujours l'horizon se blanchir!

Le jour ne peut-il pas finir sans que je veille;
La nuit n'est-elle donc qu'une éternelle veille,
L'heure sonnera-t-elle encore comme un glas,
Ne pourrai-je dormir! et pourquoi donc, hélas!

Ah! j'avais oublié!... Ma vie est criminelle!
Mon visage et mes mains sont maculés de sang;
Et seulement sur l'homme au cœur pur, innocent,
Le sommeil désiré vient déployer son aile.

Oh! je voudrais dormir! Ma paupière est lassée ;
Mais peut-on empêcher le souvenir des morts ;
L'esprit peut-il dormir quand veille la pensée,
Quand à votre chevet se couche le remords.

Comme autrefois des voix jetaient à mon oreille ;
Jack, aiguise ta hache et demain tu tûras.
Maintenant le remords m'écrasant sous son bras
Me clame : Souviens-toi, souviens-toi, Jack, et veille.

Le remords infernal, dont la sanglante lèvre
Vous jette en vifs éclats ses longs ricanemens,
Qui bourdonne des cris et des gémissemens ;
Quand votre corps brisé se dessèche à la fièvre
Qui vous glace les reins sous ses frissonnemens
Et brûle votre bouche et votre gorge arides ;
Le remords qui vous casse et vous plisse les yeux ;
Qui creuse votre joue et blanchit vos cheveux,
Le remords qui vous grave au front de larges rides,
Et vous transforme un homme encor jeune en vieil-
Le remords éternel dont la lèvre vous brame,   lard ;
Lorsque le repentir s'est fait jour dans votre âme :
Bourreau, tu te repens en vain, il est trop tard !

Bourreau, bourreau, bourreau ! cet être à qui l'on
Pour sa rouge escarcelle une sanglante aumône [donne
Prix d'un marché de sang. Bourreau, bourreau, bour-
Cet homme dont la hache arrose l'échafaud ! [reau !

Holà hé ! tavernier ! verse des vins de France !
Ah ! tu ris, master John ? tiens, tiens, voici de l'or.
Du vin qui vous enivre et trouble la souffrance ;
Va, que le bord écume ; allons, du vin encor !

Oh ! oui, je me souviens ! quand la brûlante orgie
Pétillait dans le verre, éclatait au plafond,
A la taverne quand ma face était rougie,
A mon esprit venait comme un oubli profond.

Allons donc ! que l'orgie à verres pleins circule !
L'oubli viendra peut-être. Ah ! la gorge me brûle !
Un peu d'eau seulement, oh ! quelques gouttes d'eau !
Un peu d'eau, par pitié, pour étancher la fièvre
Qui sèche ma poitrine et me hâle la lèvre !
De l'eau !... Rien, rien ! non, seul comme dans le tom-
Seul, seul avec le cri que me jette mon âme ; [beau !
Car, pour me consoler, moi je n'ai point de femme
Qui me veille assidue au pied de mon grabat.....
Pauvre fou, qu'ai-je dit ! la souffrance m'abat.

Une femme, pour moi que ronge la souillure ?
Ma main, ma main rougie eût touché sa main pure ?
Mon cœur vil eût battu sur son cœur innocent ?
J'eus sur son voile frais laissé tomber du sang ?
Une épousée à Jack ! c'eût été chose atroce !
Ah ! ah ! ah ! mon amour, un beau présent de noce !

La Providence alors, s'il en est une aux cieux,
M'eût fait naître un enfant; et quand j'eusse été vieux,
Quand le temps eût marqué le terme de mon âge,
Mon fils, trouvant ma honte et ma hache en partage,
Eût dit : Maudits soyez le père et l'héritage !
Ah! je le savais bien, moi, que j'étais heureux.,
Oui, oui, c'est du bonheur pour l'homme d'infamie,
Quand à sa voix ne vibre aucune voix amie ;
Et sur son lit de mort quand expire un bourreau,
Il ne faut pas qu'autour, gisant sur le carreau,
Aucun être le pleure. Eh! pleure-t-on au monde
Le mendiant mourant comme une bête immonde
Couché sur un fumier! Non, que nul au Clamart
Ne vienne accompagner le sanglant corbillard.
La terre doit laisser, quand un bourreau succombe,
Sa mémoire à l'oubli, le repos à sa tombe.

Malheureux parla, triste souffre-douleurs,
Son gazon ne doit point être arrosé de pleurs.
Oh! je voudrais dormir! je ne puis, et pourquoi ?
Qu'est-ce, là-bas, là-bas, que ce millier d'atômes ?
Des cadavres sanglans... les miens... un des fantômes
Se penche vers mon corps : Ah! ah! ah! laisse-moi!

. . . .

Ce fut une terrible, une sanglante histoire,
Un de ces faits affreux qui frappent la mémoire
Et demeurent gravés.... Voyez donc dans la tour
Cette enfant, ce vieux prêtre, et ces gardes autour.

Son nom c'est Jeanne Gray, la malheureuse femme,
Pauvre reine d'un jour ! Voyez l'arrêt infame,
Les murs tendus de noir, dans le fond, le bourreau,
Et le billot hideux, là, là, sur le carreau.
Voyez donc, voyez donc, cette enfant, elle pleure
Non parce qu'un moment va faire tinter l'heure,
Mais parce qu'à Tyburn le sol est teint de sang,
Et que de l'échafaud l'exécuteur descend.
Son Dudley, son vieux père. Ecoutez ! l'heure sonne !
Ah ! ah ! ah ! regardez le bourreau qui frissonne.
Oh ! le lâche ; il a peur ! il a peur, et l'enfant
Sur le sanglant étal incline son front blanc.
Mais contemplez donc Jack, qui pâlit et se signe.
Sur ce cou doux et frais comme l'aile d'un cygne
Le fer a lui trois fois et la tête a roulé !
Sa bouche murmurait encore : Mon Dudley !
Trois fois, entendez-vous, trois fois sur ce cou frêle,
Frêle comme un roseau que sépare la grêle,
Ma hache a pu tomber. Enfer ! Damnation !
Ce fut une terrible, une infame action !
Un masque pour cacher aux regards mon visage
Rouge de honte ; un masque, à moi, contre l'outrage.
Trois fois, trois fois, trois fois ; mais c'est du dés-
Et n'entendez-vous pas tout ce peuple mo- [honneur !
Le peuple qui chérit cette lugubre scène,   [queur,
Et qui vous bat des mains quand le coup qu'on assène
A frappé juste. Un masque, et puisque j'ai pâli,
Je ne lèverai plus mon bras ; il a faibli !

Un successeur à moi , mais un masque à ma face
Qui me cache au mépris de cette populace.
C'était un crime infame , et je m'en suis souillé !
Mon fer aussi depuis sur le mur s'est rouillé.
J'avais fermé les yeux.... Dieu ! voilà ta vengeance !
Sans larmes, sans soupirs , supportons la souffrance.
C'est qu'elle est bien cruelle ! Ah ! je voudrais dormir?
Ne se lasse-t-on pas de m'entendre gémir ?
Que la nuit est donc longue ! Ah ! je voudrais dormir !

TABLE.

www.ingramcontent.com/pod-product-compliance
Lightning Source LLC
Chambersburg PA
CBHW070802280626
47162CB00016B/1605